兩地相思

杜杜

序

像我這樣的一個長者，在現階段要努力做到的，不外乎是以下兩點：首先，要在經濟和生活起居方面獨立，不會成為親人和朋友的負擔；再者，對於這個世界，有沒有貢獻倒在其次，更為逼切的是不要添煩添亂。朋友有事相問，能夠做到的便做；我的鄰居來自印度、墨西哥、尼泊爾；學習和他們和平相處是首要任務。已經有太多的聲音和意見，我們更加需要一點寧靜和空間。

至於在此時此刻出這樣的一本小書，又是否算是添煩添亂呢？我想，即使是的話，也不會添太多的煩和亂。大不了數萬字薄薄的一本，讀者諸君拿起來翻看一陣，不合眼緣，放下離去便是。書就是這樣好，靜靜的躺在那裏，沒有什麼侵略性。這本書收錄的都是起碼十四年以上的舊稿；如今略作增刪，還是盡量保持原來的面貌。寫的時候動機不外是實錄，如同日記，並無虛言。也沒有想到有什麼特別的意義，但求能反映一點日常生活的情味，或者能夠引起讀者諸君的興趣。但是如今回看，竟然意外地發現這些短文也在無意之間側面捕捉了那一段時期的生活氣息，觸及了那一個時期的庶民生活脈搏。不論我在描寫包着粢飯的那層保鮮膜，還是記下了長沙灣天主教墳場的管理費，都是庶民生活指數的全真紀錄。在些利街看到了烏克蘭青年吸煙斗，給我帶來視覺的愉悅；在天星碼頭得到黑人先生的善意指引，叫我安心；這些都是那個時期的日常生活肌理的一個橫切面。忽然之間，這些細節都成為微不足道的歷史性的資料。

時代是倉促的，瞬息萬變，只是小市民的生活卻如常進行。你若問我這兩地相思，相思的是什麼，這廚房實錄又實錄了怎麼樣的精神，我只有說：不外乎就是一點善意，一點希望。不管這世界如何變動，不要驚慌，懷着希望，謙虛而踏實的過每一天；首先對自己最親近的人負責，帶着微笑耐着性子解決每天帶來的大大小小的難題，也就是一場功德了。

共勉之。

目錄

序 2

第一輯 香港

香港味道胡椒粉 10
艇仔粥歷險記 15
清真牛肉館 21
天星碼頭竹蔗汁 25
粢飯小記 30
鹹鴨蛋與白玉蘭 34
魚腩粥 40
軟糖紙巾茶蟲屎 44
鰣魚 49
水晶肴肉　清炒蝦仁 54
蘇浙滬的回憶 59
自助餐 63
印傭與月餅 68
些利風景 72
清風 77
牛雜麵——相請不如偶遇 81
忘憂菜市場 88
羅宋湯 93

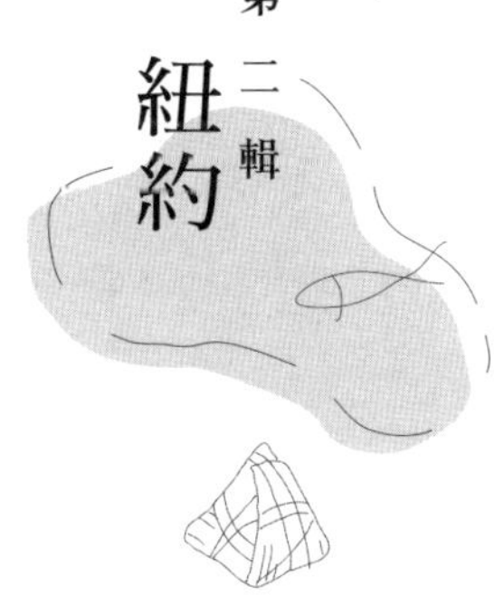

第二輯 紐約

後院的桃樹 102
說說黃花魚 106
夏日市場 110
唐人街風情畫 114
吃魚 118
牛角包和洗手間 122
綠豆糭子的故事 126
八角和月桂葉 130
電話和畫冊 134
老人中心 138
夏日家常飯 142
靜觀早餐 146
豬肉小記 150
美味牛舌頭 154
粢飯正名記 158

第三輯 廚房實錄

海參小記 166
小品兩則 170
夏日菜譜 174
廚房功德 179
魚腸物語 183
六十分鐘牛尾湯 187
我的班戟 191
我的獅子頭 196
我的茶葉蛋 200
小吃三味 205
健康飲食 209
洋蔥的啟示 213
冬天的故事 217
吃的安慰 221

家廚的手 225
廚藝速寫說油炒 229
家廚心聲 233
小小心得 237
家常風味 242
快樂廚房 247
食物清單奇趣錄 252
雞湯麵 256
麵包皮與火腿皮 260
洗碗記趣 264
風雪廚房 268
食具兩則 272
廚房失蹤案 276
驚心動魄 281
鱸魚變形記 285
現身說法半廚子 289

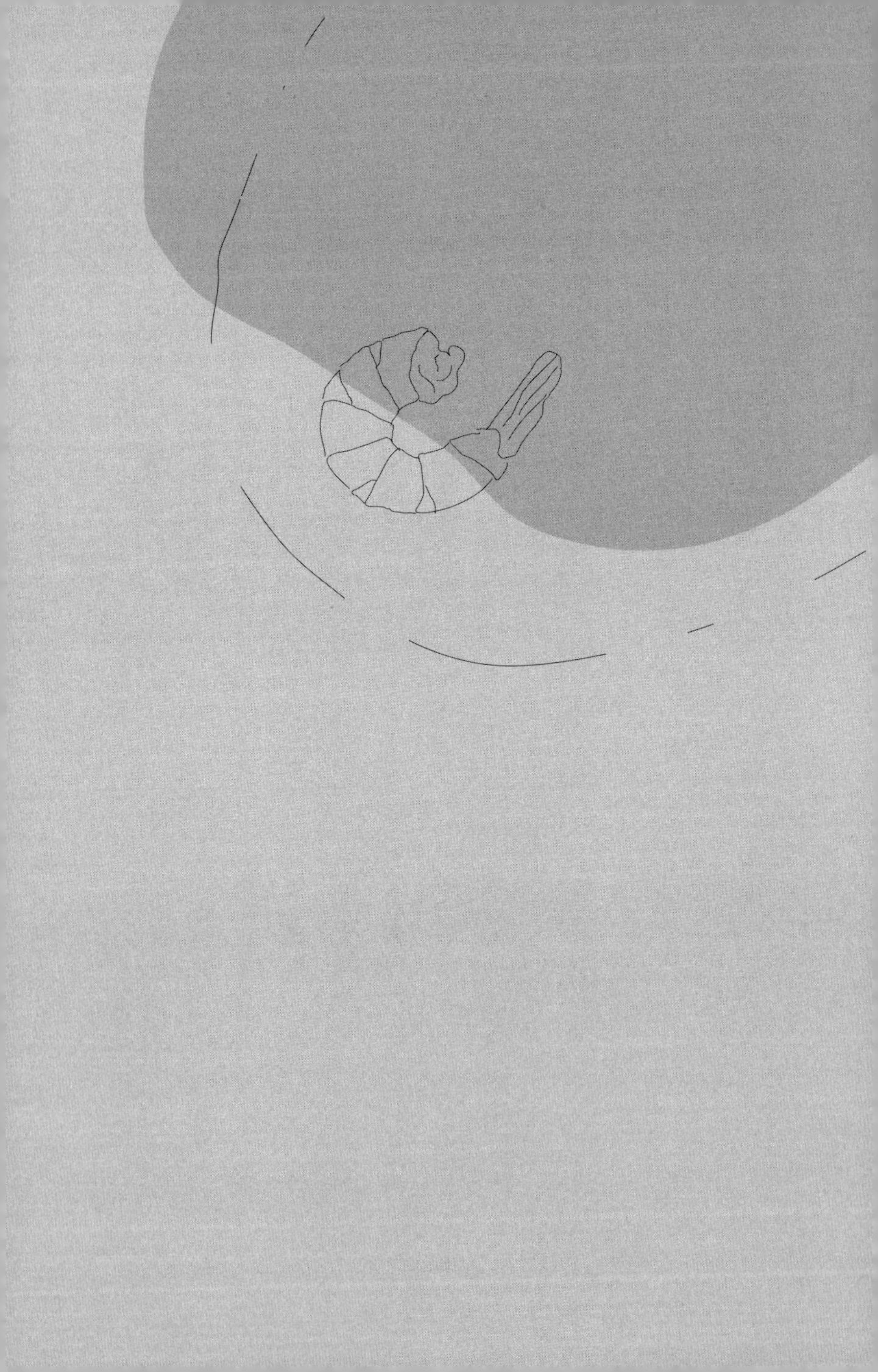

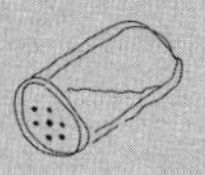

第一輯

香港

香港味道胡椒粉

這次趁暑假應妹妹之邀回港一遊（時維二〇一一年），目的雙開，一是購書，二是飲食，精神和肉身兼顧。回港前的那幾天，豆漿粢飯、清湯牛腩、龍井河蝦，魔幻瑰麗地以飛碟姿態和霓虹色彩在腦海中旋轉，彷彿香港是星雲之外的飲食天堂。關於天堂，我願意把法國聖女里修的德肋撒（Therese of Lisieux）的話借來一用：「我對天國的寄望是如此超凡入聖，他日到了那裏，萬一發現有所差距，我也絕對不會走漏消息，讓天主知道我大失所望。我會開心地環視天鄉，四處游走，好叫天主高興。只要天主高興，我便心滿意足了。」許多神學家被德肋撒的這番話嚇壞了，而其實話中所流露的正是德肋撒的一片赤子之心；凡事不以自己為重，卻把理想堅持到底，拒絕失望。

好了我如今真的人在香江，把那大街小巷的飯店餐館一家家的吃將起來；高檔如 H.K. Club，地踎如大排檔，盡皆收入我的腸胃羅網；只是印象彩幻而又凌亂，一下子難於理出一個頭緒。我的飲食目的當然不單只是為了滿足口慾這樣一個低等層次，而是為了文字的記錄，印象的描畫，感受的分享。原來到了天鄉，大大小小失望的事情還是隨時碰得到。那更好了。只要不自欺欺人，凡事實錄，就能化失望為更高層次的另類滿足。

且從胡椒粉說起。

七月二十七日清晨，本來不打算出外，就在羅便臣道的住處收拾整理在香港剛剛買下的書籍和 CD，又做了一點筆記。早點只是 7-11 買回來的一件日本蛋糕。洗澡之後還是有點肚餓，於是便乘搭沿些利街而下的那一道巨龍也似的自動扶手長電梯，打算沿途尋覓合意的小食店。誰知道過了一大段路還是不得要領，只好沿着電梯旁的石階走回頭路。（電梯只得一道；十點前往下走，十點後往上。）這一走就走得我汗流浹背。我早已忘記原來香港的七月可以熱到這般田地。回途中走至摩羅廟交加街，看見路邊有家小店曰「小地方」。我看店名有趣，冷氣尚足，便坐下來，要了一客火腿煎雙蛋，另加一罐可樂。十分鐘後送到桌上，還有一角牛油多士；火腿只有薄薄的一片，顏色不對，灰濛濛的，蛋倒是陽光蛋。吃煎蛋總得撒點鹽與胡椒粉，然而餐桌上竟然沒有這對雙生調味君子的蹤影，只得胡亂把一客早餐草草吃掉。喝罷可樂，待要抹嘴，卻連紙巾也沒有一張。那描花膠盒內盛着的卻是一卷廁紙，叫人上下難分，啼笑兩得。

這描花膠盒還有下文。回紐約之後我卻有樣學樣，將一卷無軸廁紙裝在一個藤織的圓筒中，筒蓋開合自如，方便替換廁紙；中間一個大圓洞，方便將紙從洞中抽出來使用。這藤筒放在桌上看起來倒也雅靜，圓洞上升起的一角軟紙像是一朵白色的火焰。我在桌上安置這樣一個藤圓筒是為了方便中風後的老伴，在進食之際隨時可以抹手揩鼻。還有一層，老伴喜歡將用過的紙放在衣袋裏，事後往抽水馬桶一丟；如果是 non-biodegradable 的紙巾，隨時會帶來災難。

記得在七月十九日那天理髮之前，在沾仔記吃了個早午混合餐（brunch 是也）。店內的裝修倒也古色古香；牆上掛的是鳳凰麒麟木刻，天花板上吊着的是木罩燈籠；黑漆木桌剝落，朱紅地磚褪色；凡此種種，依稀透露了往日的繁華。但見三位大嬸坐在那邊廂包雲吞，一邊閒話家常。她們用筷子把餡推進雲吞皮內，用手一納便成。這樣包成的雲吞大可以美其名曰縐紗，雖然縐紗其實是指一種薄如紙輕如紗的極品雲吞皮。雲吞可以包成多種漂亮的形狀，如元寶、僧帽、金魚。更有一種像聖雲仙修女的帽子，兩邊如同羽翼舒展，姿態飛揚。要求街坊小館包這樣的骨子雲吞無異緣木求魚。但見三位大嬸包雲吞的速度奇高，彷彿那雙手和筷子有它們自己的生命，自動操作，完全不經大腦，所以聊天聊得那麼愉快順暢。

我坐在這邊廂卻悄悄地要了個三寶麵，碰碰運氣。過了半天三寶麵終於來了。看官，你道這三寶竟是何物？且聽我細說其詳：鮮蝦雲吞兩隻，鮮牛肉三片，鮮鯪魚肉一大團。（只記得從前亦舒笑街坊小店稱牛奶曰鮮奶，十分老土。我無所謂，從俗；非常愉快順暢地鮮蝦鮮魚地叫一通。）鯪魚球真的就是那麼一大團，恐怕也是大嬸們在聊天之際做的，費事花精神搓成丸子；一切從簡，總要方便。有道是一葉知秋，這形狀粗蠢的鯪魚球就走漏了店主無心戀戰的消息。胡椒粉倒是有的，卻偏偏放在鹽瓶之內。我們都知道，鹽瓶蓋上只有一個小洞，而胡椒粉瓶蓋上卻有梅花形的一組小孔。那原因很簡單，胡椒粉撒的時候宜分散。比較考究的街坊粥麵店，鹽瓶內還加了數顆炒米防潮。我將胡椒粉從鹽瓶撒向碗中，只覺得萬般不宜，錯失滋味。

七月二十六日在羅富記吃及第魚片粥，茶水欠奉，胡椒粉盛在塑膠牙簽筒內，真的是活學活用的典範。只可惜牙簽筒上老大的一個洞孔，本來是為了方便探取牙簽，用來撒胡椒粉卻嫌太大；這分明是考驗食客的撒粉技巧和適應能力。我當然並非不知道，街坊小館莫苛求，只不過吃他一個隨意簡便，但是若果店主在經營上頭留意細節，不會因為這只是街坊小店而甘於降格，反而更加自珍自重，也就是對食客的一份誠意；食客心中明白，吃得適意，還會再來。

◇ 艇仔粥歷險記

回港的第二天便聽到窗外面淅瀝淅瀝地下起細雨來了。（這個「回」字有解釋一下的必要。那天在西西作品展的現場碰見了許鞍華，閒談間我說：「聽日我就返上海。」許鞍華問：「返上海？乜你住响上海咩？」我一時答不上來。事後細想，那是因為上海是我的出生地，說話間也就有了這個潛意識做底子，影響了我的用字遣詞。返者，回也。）細雨令我一陣高興，便把窗戶推開，風急不及待地吹了進來，只見那幅米白色的布簾霍霍的翻動得不亦樂乎，我頓覺心曠神怡，人也變得興奮起來；雖然妹妹早已經約好了和我在H.K. Club吃自助午餐，還是忍不住拿着雨傘，打算從羅便臣道樂信台向右轉向摩羅廟街，乘搭那道沿着些利街從上而下的自動扶手電梯，一路留神，說不定有個吃豆漿粢飯的去處，解決我的早餐。但是在同時又有另一個聲音在勸說：多一事不如少一事。雖說故地重遊，然而十年人事幾番新，又下着雨，還是安靜在家喝杯茶看書明智，又可以順便留肚。道理是對的，可是一雙腳已經不由自主地把我帶出了門，下了樓，上了電梯。

電梯滑行至清真寺，雨愈下愈大，雨中的空氣穿過清真寺正牆的花崗石柱，送來極淡的白玉蘭香，影影綽綽地叫我想起陵園。我知道那是因為母親。乘這電梯的感覺有點像坐登山纜車，但是更為平穩。沿途但見一家家的食肆姿態雍容地迎面而來，又緩緩地向後倒退：鳳凰飯店、橙樹燒烤、蘇豪酒吧、蟬鳴小館、墨西哥美食、日本飯店、烏克蘭餐館，還有蛇王芬、杏花樓；我看到這些飯店門外掛着的彩色紙燈籠和地上放置的翠綠盆栽，彷彿預告了門後還有無限幽秘。我心中默默地記下這些充滿詩情畫意的名字，不禁浮想聯翩，心思遊走至天涯海角。這裏真是個五光十色，一應俱全的所在，整個世界都跑到這裏來了。我豪情萬丈地想起了豬八戒對南山大王手下小妖說的話：「不要拉扯，待我一家家吃將來。」卻沒有想到麻煩正在等候。

不知不覺來到一處曰結志街，我便下了電梯，沿步探視，但見路口處有一名赤膊老翁在擺菜攤子，把一大片一大片綠油油的葉子鋪平了，再在上面鋪上各色蔬菜。我興致高昂地走上前問他這可是芭蕉葉，他沒好氣不理睬。菜攤子後面就是果記麵家。我覺得店名好，便安心進去，坐下來要了一碗艇仔粥。雖然這只是最普通不過的一家粥麵店，在我可是故園風雨後，連那些店中碼着皮蛋豬皮的大口淺碗都染上了一層浪漫的色彩。因為人剛到，一切看來還不像宗全是真的，連手指碰觸到碗筷也輕微發麻。而那位忙着弄粥蒸腸粉的老漢，滿臉老人斑而沒有下巴，亦觀之可親，好像是在年輕的時候吃大排檔曾經見過的。我大着膽子問他粥內要多放點油炸花生，他果然答應。這可就是真的了。我一高興，又要了一碟豬腸粉和一碗柱候牛腩，也不管吃不吃得下。

其實我那一點艇仔粥的記憶簡直單薄得滑稽。小時候吃過的艇仔粥不外魷魚絲、豬皮絲、生菜絲、魚片，粥上面撒幾顆油炸花生。吃的地點是大排檔。當年豪華的羊城八景之一我從來沒有見過：潮來濠畔接江波，魚藻門邊淨綺羅，兩岸畫欄紅照水，蜑船爭唱木魚歌。據說在四十年代，梧州的艇家把長約一米的小艇模型吊在檔口，作為艇仔粥的標誌。艇內分八個小艙，分別放油炸花生、叉燒肉絲、油炸鬼絲、肚片、蛋花絲、生菜絲、魚片等。食客吃時各抓一小把放在碗內，澆以滾白粥，立時香氣四溢。而我甚至沒有想起，我眼前這碗艇仔粥連魚片也不見。

高檔的艇仔粥用乾貝和光雞煮粥，配料有叉燒、魷魚絲、海蜇絲、火腿絲、蛋皮絲、草魚片、生菜絲、薑蔥絲、檸檬葉絲、芫荽、炸花生、薄脆、陳皮、豆腐衣乾。真正是愈多愈高興。照我的意思，有了叉燒就不必再用火腿，有了花生就不要再加薄脆，否則便會變得繁雜重複。檸檬葉絲果然可以將一碗艇仔粥提升為精品，只是有了它，就不必再用薑蔥絲了。陸離是這方面的專家，而她的要求也不過是「和諧完美」。要和諧完美，就得搭配相宜。

將配料作適度的混合，以少勝多。照她的看法，如果一碗艇仔粥樣樣皆好，單單是後來吃着了一顆炸糊了的花生，便立即敗興，全盤推翻，其他的種種好處都不能算數了。英國人說的 a fly in the ointment，正是這個意思。

誰知道我的這一碗艇仔粥，還沒有完全下肚，忽覺得胸口作悶，胃氣堵塞；是否有蒼蠅姑且不論，只是心知不妙，一個箭步射出店門，也顧不得是否失儀，便在眾目睽睽之下對着一個雨中的藍色塑膠桶嘔吐大作，嘩啦啦嘩啦啦，和雨聲共鳴。我努力地迫使自己連嘔了六、七次，總算平服下來；幸好有這塑膠桶。店中各人不則聲也不援手，不知道是嚇傻了還是由於禮貌的不干預。還有一層，雖然我是這裏長大的，可是離開多年重返，行止氣味早已染上了異鄉特色；自己渾然不覺，旁人倒看出來了，那情況就像一隻外來的獅子驟然來到，叫其他的同類警覺靜觀。弄清楚這一點，我也就不以為意，鎮定地乖乖付賬（承惠六十七蚊），然後離去。回去先要梳洗乾淨，換上新衣，不露痕跡，和妹妹上 H.K. club 吃自助午餐。這次吃艇仔粥的體驗，我視為重歸故園的腸胃洗禮，替我的大吃香江作一序曲。同時也是提醒自己不要樂極忘形。

我立定了主意，這件事誰也不告訴。

◌ 清真牛肉館

《兒童樂園》社長張浚華女士約我在七月三十一日星期天上午十一時三十分在九龍城龍崗道一號地下的清真牛肉館吃飯；我視之為回港的頭一件重大要事。張浚華對我好，自是不消細說。去年十月回港，張浚華也約我在紅磡鶴園街的鴻星酒樓見面，請我吃廣東點心和燒腩肉。早在二十多年前，她曾慷慨地把《兒童樂園》的合訂本借給我拍成幻燈片。（那時候還沒有彩色影印。）我私藏的小量羅冠樵封面畫原稿，也是張浚華送的。

這天早上我十點左右便出門，又擔心尋路花太多時間而誤事，乘了的士，到的時候才十一時零五分，卻看見張浚華精神奕奕地從對面馬路向我走來，一邊說：「我記得你去年也是早到的。」於是一同進入清真牛肉館，坐下來點了一客兩件牛肉餡餅、砂鍋雲吞鷄，和牛筋牛腱牛肚冷盤三拼。卻一時沒有想到叫麻油雞做前菜。原來清真館早在一九五〇年便由馬仁魁在香港開業，而我在香港這麼多年卻連聽也沒有聽到過。

那牛肉餡餅是招牌菜，照蔡瀾的說法，「用手一搣，汁噴出來，有時標到旁邊的桌上去。」幸而這樣的情景並沒有出現，多半是因為張浚華具有淑女一般的優雅進食儀態。砂鍋雲吞雞湯汁香濃清甜，因為配了黃芽白。但是給我印象最深刻的是那一道拼盤，入口柔嫩無渣，味道適中，但是張浚華卻碰也沒有碰。但聽她的口氣，她吃得很適意。那我也就放下了心。結賬二百零一元，我又順便將一堆硬幣給收銀員換成了八十元紙幣。

飯後張浚華和我在附近一家餐廳坐下聊天，內容自然是和《兒童樂園》有關的故事和新聞。羅翁的《西遊記故事新編》漫畫連載如今出版了上、中、下三冊一套單行本，最是教人喜出望外。張浚華在書中的序說：「……他學西洋畫，兼學國畫，山水、人物、鳥獸蟲魚，畫這個故事背景人物時全派上用場，非常耍家。」這絕非泛泛之詞；《西遊記故事新編》裏面的每一頁，都印證了張湊華的評語。畫《西遊記》的時候羅翁才六十左右，正當盛年，元神充沛，畫武打場面固然動感十足，畫孫悟空化作一條毛蟲在桃葉上睡覺也流露了小品式的情趣。雖然說是漫畫，但是小小畫框中的庭台樓閣，園林山水，都以深厚的傳統國畫技法作底子。羅翁的線條圓潤流麗，意態嫵媚，幾乎是性感的。國內的劉旦宅畫的人物和羅翁有幾分神似。羅翁的這一套《西遊記》，在質和量兩方面，都可以和國內的經典連環圖媲美，足以傳世。

張湊華和我談得高興，把一本五一九期的《兒童樂園》送了給我；那封面畫畫的是村童枕臂睡在荷花池中的小船上，意境清幽，是羅翁封面畫中期的其中一幅佳作，保存了他一貫的田園風味。

離開了餐廳，我們又前往附近的菜市場走去，逛了一個圈。那裏的白花蛇舌草、新鮮土伏苓、鳳眼果、桂林錐、竹蔗、香芒，我都很感興趣，因為在紐約根本看不到。我知道張湊華喜歡榴槤，想送她一個，她無論如何不肯接受。又見粉艷的日本大桃子，她亦不肯要。不經不覺又來到了衙前塱道，便在一家名叫義香的豆漿店坐下，各自喝了一杯豆漿。其後我在路邊的水果攤子看見了芭蕉葉子上的白玉蘭，便買了三朵送了給她。

◇天星碼頭竹蔗汁

七月中旬的一天，我在香港島這邊和幾位華仁的舊同學喝下午茶之後，只想獨自一人前往尖沙咀的海運大廈舊地重遊，然後再去油麻地的中華書局獵書，於是憑着二十三年前的記憶在大會堂附近找天星碼頭；誰知道我的回憶趕不上歲月的變遷，沒頭蒼蠅似的轉了半天，也沒有找得着，結果問路於一位迎面而來的黑人先生。這位黑人先生和藹可親，指點我走天橋通道，這才來到了天星碼頭；接着又有路過的菲傭（那天是星期日）教我買代幣；就是這樣，我這香港客反而要依靠異邦人助我在本家尋路，上演了一齣幽默的「還鄉記」。是的我終於因此而順利乘搭了渡海小輪，故地重游。（我帶了一枚天星代幣回紐約作紀念；黑色輕盈的小圓膠片，上面有：成人上層 ADULT

UPPER DECK的字樣。）

年輕的時候是個不負責任的父親，周末經常把孩子留在家中，獨自一人乘天星渡海小輪到中環逛書局，逛得倦了便上文華或者陸羽歇腳喝茶。坐在乘風破浪的輪船上面，眼觀海洋，魂遊天外，對身邊和世上的事情不聞不問，快快樂樂糊裏糊塗地活了十數載，真正是天網恢恢，時辰未到。如今收魂拾魄，重搭故船，只見船上座椅的洞孔依舊組成同樣的五角星狀，而迎面而來的是同樣帶有些微鹽腥氣味的海風；同樣的黑鷹在海面盤旋，船上是同樣的大圓煙囪。不一樣的只是海洋：有陽光的時候金光閃爍，不能直視；陰天的時候呈現一片潾潾波動的灰綠，可以帶來無限的遐想。今天的海洋就是這樣的一片灰綠。《尤利西斯》（*Ulysses*，一九二二年）裏面的勃克穆利根就把這樣的海洋灰綠比作鼻涕青（snortgreen），但是我卻愉快地聯想到甘蔗汁的清潤和怡神。

一天妹妹叫司機阿傑給我帶來一瓶蔗汁。這堪稱是妹妹的神來之筆。我從來也沒有告訴她我喜歡蔗汁，也不知道她哪裏得到的靈感。這瓶蔗汁清甜可口，輕浮如無物，過頰即空，沒有任何的 undertaste。這在我還是全新的感受和發現。小時候在紅磡一心涼喝過的蔗汁，小杯二角，大杯四毛，比喝一毛錢的茅根竹蔗水要豪華一點。雖然喜歡喝，卻不懂得像如今這樣集中精神去細細品味，又或者去細想這灰綠的飲料背後說不定隱藏了許多血紅的故事，正如十九世紀的英國紳士淑女在談情說愛之際喝下午茶用的 sugarloaves，原來是許多奴隸付出血汗的成果。

一心涼有個伙計，名叫阿五，脾氣異常爆燥；經常會得看到他怒氣沖沖的站在電動雙筒榨汁機面前把煮熟了的甘蔗榨成汁，對來喝涼茶看電視的小孩呼喝瞪目。有一天不知怎的阿五在榨蔗汁的時候想心事，一下子神不守舍，右手給榨汁機的雙滾筒拉扯了進去，登時把三隻手指壓得血肉模糊。出院之後他還是繼續同樣的工作，改用左手，人也變得柔和沉靜起來。（如今的電動榨甘蔗機不用雙滾筒，而是將一支甘蔗塞進一個圓洞；安全得多了。）

老伴告訴我她小時候住在何文田，那裏有一處曰雙井，距離雙井不遠是一棵大榕樹，冠幅廣展，綠葉成蔭。夏日裏常見小朋友在蟬鳴樹下捉伊人，就以榕樹幹作為埋舟，又或者拍公仔紙，跳飛機，猜呈沉。如果玩的是麻鷹捉雞仔，那一眾雞仔在躲避麻鷹追捕時發出的驚叫，就會愉快響亮地，如同雲雀一般，直上雲霄。早上大榕樹下有賣豬腸粉白粥的，下午轉為阿婆賣竹蔗。粗的是黑紫皮竹蔗，細的是青翠的甘蔗。老伴小時候沒事在那裏流連；一次阿婆要上公廁，叫老伴代她看檔，並賞她一碌竹蔗。老伴削黑蔗之際，手快把左手的中指頭削去了一塊皮，立即血流如注。老伴說她當時既不哭也不怕。說的時候還把中指頭伸給我瞧：「一直到而家都冇咗指紋。」一非常躊躇滿志的樣子。

我從阿傑口中打聽得賣竹蔗汁的去處，原來是位於荷里活道和卑利街交界的公利真料竹蔗水，創業於一九四八年。聽說因為租金暴漲在即，或許要結業了。翌日早上十時半我前往公利，店還沒有正式開門，只見兩位女士站在那裏忙碌地搗汁攪拌，正在做蔗汁糕呢。我要了一盒四塊，顫抖晶瑩的灰綠，彷彿是用南山玉做成的砵仔糕形狀，又一口氣買了四瓶竹蔗汁。很快便喝光了，於是又再買四瓶；很逼切的樣子——再遲些就恐怕沒有了，來不及了。過去在香江的一段歲月，輕淡的惆悵，難得的糊塗，深遠的思念，都溶和在那片靜止而又半透明的清涼幽綠之中了。

後記：公利真料竹蔗水現在（二〇二四年）仍然持續營業。又：回到紐約之後，才知道這裏的超級市場有罐頭裝的蔗汁。在曼赫頓和皇后區的少數民族區內，有鮮榨蔗汁的攤檔，檔主多數是印度人或巴基斯坦人。那榨甘蔗機和舊時香港的是同一類型；主要是靠兩個金屬圓筒來把甘蔗來壓榨，有電動和手攪兩種。印度人喜歡在蔗汁內加檸檬、薑汁、薄荷，和黑鹽。另外巴西、越南、埃及等國家也流行在夏日喝蔗汁解渴。

粢飯小記

香港的地鐵和紐約的地鐵真的是天差地別。紐約的地鐵系統太大，水準參差不齊；月台頂上滴水，車軌老鼠出沒；這是紐約局部地鐵的寫照。在炎熱的七月，一旦踏入任何的香港地鐵站，便登時處於光亮清涼的所在，眼前滿是漂亮醒目的廣告，巧緻大方的食店。渴了可以買一瓶菊花茶，餓了可以找一塊奶油蛋糕。人在香港的十多二十天，淘書吃飯，主要靠的便是地鐵，把我送到我要去的地方。

一天在中環地鐵月台候車，對面是一列高清液晶體電視廣告。正對着我的是一幅城市夜景，現出的字句我記得大約是：「這世界可是一座巨大的墳墓？我們是否真正的活着？」在這繁華的滾滾紅塵之中，出現了這仿似是取自易卜生戲劇的句子，看上去不對，叫人疑真疑幻。其實我在香港的三星期，也是這樣。

那是因為時限。做什麼都好像是第一次做，也好像是最後的一次。吃一隻象牙芒果，乘一次渡海小輪，便提醒自己要感受真切，因為後面沒有了，沒有了。因為只有這麼一次，感覺上便單薄平面如同兩度空間的電視廣告，稍縱即逝，有不可承受的輕盈。想自己置身於三聯、文華、中華、中藝，與及舊友良朋之間，淘書購物，吃喝談天，高興倒是高興的，微笑還是微笑着，但是整個的自己像是個 apparition，半透明的，輕輕巧巧，正在一點點地，愉快流暢地，下接淡出。

即使是親嘗過的美食也保留不住。妹妹在我飲食方面的照顧靈感湧現。鵝肝、牛雜、蔗汁、肴肉，全不用我說一句話便出現面前。我在羅富記吃粥之後妹妹問我：「你係唔係有食到白灼腰膶？」我說你怎麼知道的？她說：「同埋一個阿媽生嘅。」我這方面也像上海人說的那樣，很識相。和妹妹吃館子從來不亂出主意，反正她點的深得我心。如果她問着了，我便神態自若地輕輕道來：「就水煮魚片罷。」又或者：「煎黑豬排，好麼？」

只有一次例外。八月二日星期二天晴，我建議先往紅磡鶴園街吃豆漿粢飯，再往長沙灣天主教墳場替母親掃墓；她一口答應了。是日上午十時，司機阿傑把我們送到紅磡鶴園街真真豆漿大王那裏。妹妹和我同樣叫了鹹豆漿甜粢飯。妹妹同意說這裏的粢飯柔韌適中夠彈牙，要比銅鑼灣菜市場的那一家好多了。那裏我去過一次。粢飯竟然用透明膠紙包着，和紐約法拉盛的台灣小館一樣，叫人大倒胃口。早點之後我們二人隊去替母親掃墓。妹妹把替母親清潔墳墓的人找着了，付給他一千二百元的年費。妹妹沒有買花，只用清水沖洗一番。我站在母親的墓前默念了一首聖母經和一首天主經。碑上的母親遺容重新燒過一次。原本的在風吹雨打之後，看上去彷彿帶有一滴淚珠。碑上的子孫姓名亦重新加上金箔。記得當年服神父主禮，指着自己的手說：「這肉身會死去，但是靈魂永遠不滅。」如今服神父亦早已不在了。

妹妹和我並不久留，匆匆離去，找吃午飯的去處。阿傑開着車經過紅磡的街道，我坐在車上失魂落魄，總是隱隱的覺得有些什麼地方不對，就像七巧板併出的圖案缺少了一塊；半天才猛然想起：對了，同樣是夏日，為什麼這一次沒有了白玉蘭的香氣？我透過了車窗看到街上有好幾家的長壽店。裏面的棺木重疊，杉木八底，柏木明併，棺木的一頭向着大街，上下左右的厚板圍着中間肥圓的頭，在明媚的陽光照耀下，油亮亮金澄澄的，像是一朵朵巨大的向日葵，正開得異常燦爛。

鹹鴨蛋與白玉蘭

二〇一一年七月二十一日星期日，天氣晴朗。

那天妹妹約好了童年故友來弟在中環的洞庭湖吃午飯。原本打算吃的鱔糊沒有吃得着，卻意外曲折離奇地一樁事引發起另一樁事，終於叫我想起來要吃鹹蛋。求仁得仁固然好，求桃得李亦復佳。凡事不可勉強，隨遇而安是福。大家興高采烈坐下來點菜，女侍應卻笑說今天的黃鱔還沒有來呢。商量之下，只得叫了蔥油餅、生煎包、豆酥魚、切雞加醬，另加炒飯一碟。來弟對香港舊電影的脈絡比較熟悉，因此席間我請來弟替我找張愛玲編劇的電影DVD，主要的目的是為了要和她的原劇本對照一番。後來她替我找到六隻DVD：其中有「小兒女」，由去世已久的尤敏主演；「情場如戰場」，由也是久已去世的林黛主演，還有依然健在的葛蘭歌唱片《教我如何不想她》，卻並非張愛玲編劇。有趣的是當年這兩大國語片女明星尤敏和林黛，都是廣東人。）因為電影，又想起了另外一位童年故友。她比我們大兩、三歲，和長城電影公司的員工熟悉，經常如數家珍地向我們細說夏夢和石慧的逸事。我問來弟她如今怎樣了，來弟說：「已經去咗賣鹹鴨蛋。」

小時候聽過梁醒波唸的一段道白：「唔好慌，唔好驚，跌落坑渠會病；一毫子買隻鹹鴨蛋。」這裏的「蛋」和「病」押韻。鹹鴨蛋似是廣東人的叫法；鄉土文學大師汪曾棋就在書信中提到過：「上海人都是說『鹹蛋』，沒有說『鹹鴨蛋』的。」從前吃鹹蛋原隻吃，空頭敲成一洞，用筷子探入，挑以吃之，由白到紅，漸入佳境。現在在紐約和老伴共吃鹹蛋，用刀切成對半，碼在小瓷碟的上面。

晚飯妹妹打算在家中吃，於是我們在洞庭湖和來弟作別。來弟還要上班。妹妹則和我同往灣仔菜市場。那裏還保留了五六十年代的菜市場風貌：

小攤子各自擺賣毛巾被套、女性衣物、海味乾貨、鹹魚鮮花；其中還有擺在翠綠芭蕉葉上的白玉蘭。白玉蘭總是叫我想起年輕時和老婆在夏日上街市買菜的日子：兩人行走在蔬果鮮花的攤位之間，陽光灑滿地，偶爾有一隻小黃蝴蝶飛過，一閃而逝；幸福而不自知。真正的幸福往往都是這樣。肉檔的牛肉和豬肉在炎炎夏日亦不用雪藏，牛尾和牛肝用鐵鈎高高掛起，顏色深艷而乾身，頗能引起食慾。我一門心事在菜市場尋尋覓覓，終於在一家叫新城發的雜貨店給找着了。鹹蛋上的黑灰泥削去一半，還剩下一半，和三四十年前的完全一樣，看了眼前一亮，彷彿時光倒流。連皮蛋上敷的亦是舊時和了穀糠的黃泥巴。我花了二十元買下鹹蛋皮蛋各六隻，滿心歡喜地交給了妹妹。

要知道如今在紐約的超市只買得到煮熟了的鹹蛋。有一種還厚着臉皮打正了高郵的招牌。買回家一試，入口如沙，慘過食泥。汪曾祺知道了一定會抗議。在他筆下的高郵鴨蛋的特點是：「肉質細膩，味道濃——雖然現在的鴨蛋似乎沒有過去的多油了。」今不如昔是世界性的感嘆。在紐約我還試過一種麻鴨鹹蛋，也是煮熟了的。黃油倒是有，可惜腥氣難當，只好扔進垃圾桶。也試過多次自己動手用各種不同的方法醃鹹蛋，勞師動眾，身水身汗，結果醃出來的水準很不平均，時好時壞，無從捉摸。去年十月回家鄉探望大姊和姊夫一家，在揚州逛馬路見到了高郵雙黃鹹蛋，總不成在路上空口白吃，因此沒有買。如今可是名正言順的晚飯添小菜。在紐約朝思暮想的鹹蛋終於手到拿來，只有一種平靜的滿足。

是日妹妹家中的晚飯有豬展杞子湯、白煮三文魚、栗子炆排骨、芥菜煲竹支，果然是一派樸素的家常風味。最醒神的是其間顯現了皮蛋鹹蛋各一碟。皮蛋每隻分成四瓣，用的是舊時母親妙方：將一根細線一端咬住，另外一端用手拉得滿滿的，如同弓弦，然後用手托着皮蛋讓細線切入。這樣把皮蛋剘開，效果異常工整，且又省下了沾刀洗刀那一層麻煩。鹹蛋連殼一切兩半，露出紅艷艷的蛋黃。那味道自是不消細說。

八月三日在香港最後的一天，又把那鹹蛋再吃一次，並且告訴自己：凡事適可而止，吃過了就在自己腦海中過錄一遍，掛號歸案，告一段落；回去紐約可不必再日夜思念了。

如果我的香港回憶有氣味的話，就是這瘦長象牙白的花朵幽香了。我通常看到的只是菜市場地上擺賣的白玉蘭花蕾，三朵五朵排成一串，花瓣都嚴嚴的合着，所以形狀細長，香氣耐久。紅磡的菜市，中環的街頭，總會遇着她，安靜地躺在芭蕉葉上，雖說是待價而沽，卻依然姿態端莊，神情優雅地保持身份。樹上盛放的白玉蘭我在長沙灣天主教墳場見過，在夏日裏開得如同展翅的白蝴蝶，營營的一大群棲滿枝頭，飛揚跋扈，繁華燦爛到極點，也就是說快要凋謝了。人生一世，有過夏日的榮耀也就不枉此生。去年十月回港的時候晚了一點，沒有遇到白玉蘭，卻吃着了陽澄湖大閘蟹。這一次暑假回港，大閘蟹還沒有上市，卻又再遇見了街頭的白玉蘭。見到了少不免買下一串，放在襯衫袋中。年輕的時候和老婆上街市，買了給她，她戴上鬢邊，香氣清幽而帶點甜味。怪不得洋人的「甜」與「香」共用 sweet 一個字。母親剛去世的那一年我們得空便去長沙灣天主教墳場探望，除雜草，洗墓碑。夏日午後的墳場正雨過天青，一片寧靜爽潔；白玉蘭都開了，溜着晶瑩的水珠。而我的心意只是淡淡的，不帶什麼感情。許多年之後和妹妹前往探望母親的墳，不知怎的都看不見白玉蘭了。

◯魚腩粥

妹妹不時來長途電話跟我聊天，說九月了，香港還是很熱，我說紐約這邊早就秋涼了。回想香港的短訪，似是一夢，只是在香港時訂下的書都陸續地一套套寄來了，線裝的《石頭記》、《茶經》、《楚辭》，還有王樹村編的多種畫冊。另外記得分明的是一天半夜下雨不能入睡，獨坐廳中，忽聽得外面傳來長長的一聲吼鳴，似乎是受了傷的恐龍。一股宇宙洪荒的驚怖立時似海浪一般把我淹沒。至今我還是沒有弄清楚那是什麼一回事。日間在羅便臣道路過，偶然抬頭看看那一幢幢高得不可置信的大廈，是比金字塔尤甚的奇觀；人一陣昏眩，那些大廈彷彿都活過來了，變成高高躍立的恐龍。那半夜的吼鳴絕對沒有記錯，亦並非是夢。我現在面前翻開的線圈記事本的單行紙頁上用鉛筆寫得分明：「七月二十日星期三，下雨，半夜有異聲，似是動物的吼叫。」其實我們一直都活在原始殘酷不仁的世界。剛剛離開紐約的時候在機場看到一則新聞：「在布碌侖有猶太男孩在放學回家途中失蹤。」後來才知道是小孩迷路，遇到了變態怪客，把他殺了碎屍。我想我這次回港是為了鬆弛神經，便將報紙隨手丟了。到了香港安頓下來之後，曾經試過獨自一人前往羅富記吃碗粥。

還是妹妹介紹的，不過司機阿傑說如今羅富記也大不如前了。七月十六日早上我親自往中環考察一下，果然發現這樣的老字號已經式微；旁的不論，單是那一碟碟切成段的過氣油炸鬼便透露了經營馬虎，心神不屬的消息。茶水紙巾一律欠奉，侍應的態度也非常之冷淡和不友善。我看不見餐牌上有艇仔粥，便叫了一碗魚腩粥。粥來了，裏面有四、五塊頗具份量的帶骨鯇魚腩，入口還覺得新鮮。另外又叫了一碟白灼腰膶，這在我也是冒險一試。這豬腰豬肝，一旦白灼，全靠鮮嫩的真材實料，無從取巧。我眼前的這一碟，即使配上了薑葱生抽，依然味同嚼蠟，簡直沒有吃頭。結賬時我叫了個雲吞撈麵外賣給阿傑。

十天之後我又前往擺花街的羅富記再試一次。那魚腩粥還不錯，這次配了一小碗薑葱生抽作蘸料。我把那魚腩一塊塊的撈出來點着吃，果然十分滋味。還叫了一碟小欖炸魚球，蘸了蜆蚧而吃，甚為鮮鹹。這一次我吃得頗為適意，一半是因為店中的風景有趣。先是地上蹲着一隻黃斑白貓，氣定神閒地在享受夏日清晨的陽光，一動也不動。忽然之間牠的頭一伸，晶亮的眼神追隨着灰白地板上緩緩爬着的一點黑色小甲蟲。我記得從前在香港家庭式粥麵檔宵夜，往往會遇到貓，平添一重適閒安穩的意味。店裏人來人往，杯飛碟旋，但見角落裏躲着一隻圓頭大眼虎紋貓在冷眼旁觀，連尾巴和耳朵都不肯動一下。單是這一點就已經足夠我去懷想。旁的不論，我在紐約唐人街各式粥麵店吃了這麼多年，從來也沒有見過一隻貓。

羅富記店中有兩名男夥計對坐着包水餃。一個穿短褲涼鞋，露出塗上紅汞水的腳趾。另外一個穿着長褲在聽耳機。兩個人在悶聲發大財地埋頭苦幹。在另一張桌子則坐着白髮男子和綠衣女郎。他倆一邊包雲吞，一邊談天說地，即使不在談戀愛也顯得喜意盈盈。他倆包的雲吞肯定比店中的水餃優勝。

8 軟糖紙巾茶蟲屎

• 濕紙巾

到達香港的機場之後，首先吸引我注意力的便是有好些地勤員工戴上了白色口罩。後來向朋友提起，朋友說這是常見的。果然我在超級市場和飯店旅館再見到戴口罩的工作人員。一九九三年我在廣州的茶樓看到點心姑娘戴口罩，大不以為然，覺得是裝模作樣，故作衛生。後來在紐約和老伴上茶樓，老伴指定要點心車裏面下層的點心。我嫌她挑剔，她卻悄聲告訴我：「乜你冇見到點心大嬸同食客傾偈傾到口沫橫飛咩？」

我又發覺涼茶舖賣的五花茶廿四味一律用紙杯盛着，看了有點掃興。從前涼茶舖的雲石台面上，是一杯杯或一碗碗的廿四味、菊花茶、茅根竹蔗水；杯子裝的有金屬杯蓋，碗裝的有玻璃圓蓋。雖說是庶民軟飲，亦流露了自珍自重的精神。至於街坊小食店，一般沒有設備紙巾，比較像樣的用有封套的濕紙巾。怎麼看不見灑上花露水蒸得熱烘烘放在瓷碟上面的祝君早安白毛巾了？即使是高級的會所如鄉村俱樂部和高爾夫俱樂部也全部一律用紙巾。蘇浙滬用的紙巾封套是棗紅色的，文華酒店的銀白。我告訴自己：這是後沙士時期的香港：排場美觀其次，衛生安全第一。平安是福。

記得三十多年前和朋友一起在外吃飯，陸離便有先見之明，在飯後大派濕紙巾。小不點嘖嘖有聲搖頭道：「你啲錢就係咁樣嘥咗。」這次回港，陸離約我前往上環文娛中心劇院看焦媛主演的輕音樂劇《六月新娘》。我在大堂看到陸離的時候，她的右手就戴着透明膠手套。她怕細菌怕了這些年，怕得有理。

• **啫喱軟糖**

七月十一日是本年度書展的第一天，剛好西西是年度作家。找到了許迪鏘給我入場券。我在展覽西西專題的文藝廊遇到了許鞍華、張敏儀，和也斯。在茶會中又見到了很多的新朋舊友，包括冷雲和張灼祥。朱艷蓉和辛奇士出奇地沒有改變。陶傑也來了；我告訴他我的一位舊同事黃老師喜歡看他的雜文。大約六點鐘西西方才在何福仁的陪同之下來到現場，先後用廣東話和普通話作簡短演說。演說中談到猿猴，說關心猿猴就是關心我們自己。西西一見我，只輕聲笑道：「哈，你也來了。」西西演講時人聲嘈雜。我站在櫃檯處向在我旁邊坐着的朱楚真抱怨，表示不滿。櫃檯上有個八角貝母牡丹花果盒，內有八隻小瓷碟，排成一個圓圈；其中一隻小瓷碟內放着的是長條形的透明啫喱軟糖。我不經意的拿來放在口中，竟是小時候吃過的那種橙花味道，很是喜歡。朱楚真說這是如今在香港唯一的手做糖果。在場的朋友全都是匆匆一見便各自散去，連小思也只是打了個照面。我只是把瓷碟中剩下的兩條紅色綠色的啫喱軟糖放在口袋中，帶回紐約裝在水晶小圓瓶內，放在案頭，作為紀念。我想我也應該感到滿足了。散會之後我才猛然想起，在中藝買下的一隻錦盒裝潢的唐山明黃描花蝴蝶骨瓷小方碟，忘記了送給西西。如今這隻小瓷碟內放置了兩顆白色的魚腦石，是在吃了蒜頭豆腐黃魚之後特意留下來的。兩顆魚腦名合在一起，剛好構成一個心形。大約在西西去世的一年半之後，我在深夜裏讀她的《玩具和房子》，半途睡着了；醒來看見《玩具和房子》的淡彩封面微微翹起，上面爬着一隻瓢蟲，小小的亮紅點子，急速流暢地滑行至書的邊緣；瓢蟲但見眼前無路，遲疑了一秒，展開翅膀飛走了。

• **茶蟲屎**

我在中環一處橫街的小茶莊內看到一大瓶黑墨墨的東西，走近細看，原來一粒粒的近似老鼠的糞便。瓶子上貼着紅紙，紙上有工整的三個毛筆字：茶蟲屎。店員解說這茶蟲屎用開水泡來喝，可以消滯。我從前在香港最喜歡獨自一人在周末往各區的橫街窄巷探尋，總會遇到不為別人注意的小店，裏面有來自天涯海角，千奇百怪的事物，可以買回去細細賞玩。不想這一回碰到的是茶蟲屎，卻沒有敢買。小時候曾經用扁平的方鐵香煙盒子養洋蟲（又名九龍蟲）；盒子蓋上面用釘鑿出幾個小孔，盒子裏面放滿了淮山、蓮子。過一段日子打開來一看，緩緩地爬滿了豆子般大小的黑色甲蟲。藥材差不多都給吃光了，化成米色粉狀的洋蟲屎。還有很多幼蟲和蛹混在其中。這洋蟲屎散發着淡淡的藥香，據說有止血的功效，卻從來也沒有試用過。洋蟲本身也可以吃，亦有多種療效。

遇到茶蟲屎的兩天之後，去太古探望 Hilda，她蒸了一打急凍燒賣給我做早點，又問我要不要咖啡，說着捧出一瓶也是黑墨墨的東西給我看：「呢個係貓屎咖啡，來自越南。狸貓食咗咖啡豆，痾出嚟就係呢樣嘢。初時重香；而家已經淡咗啲嘞。」我打開玻璃蓋湊近聞一下，果然有一股幽秘的香氣。但是我一向不喝咖啡，於是 Hilda 給我一個西冷紅茶包。

Hilda 的兒子讀中五。我們一起談了半天的香港教育，很是起勁。事後 Hilda 說你可以動筆一寫香港的種種教育怪現狀，我說這類題材我寫不來。

∽ 鮹魚

回港的第一天晚飯就在妹妹家裏吃。整個的人還沒有完全安頓下來，時差只是其中之一的因素；由於心神恍惚，桌上的小菜我也沒有特別留心，隨意搛了一塊放入口中，不鮮而香，那味道和質感好生熟悉，卻一下子竟想不起來那名字，人也不禁地懸浮，疑疑惑惑，過了好半天才把這味道和「牛腩」兩個字對號入座。一旦落實下來，自己也覺得好笑。法國文豪普魯斯特那一小塊泡過茶湯的梅達蘭小甜餅才碰到上顎，即時帶來超塵脫俗的舒坦愉悅，並喚醒了沉睡已久的整個童年回憶。至於我面前這和紅棗果皮共煮的牛腩卻在平淡自然中帶有一點詼諧的意味，靜靜地躺在桌上的白瓷碟中，並沒有帶來什麼驚天動地的啟示，只是意意思思的叫我有點喜歡：咦，沒想到今天竟在這裏又和你遇上了。我記得自己三十年前的一個冬天下午在家中用火水爐燉洋蔥番茄牛腩湯，鮮香無比，所以記得。紐約中式超市的雪藏牛腩，燉得再好也全是調味料的味道；至於那牛腩本身只略帶着騷味，此外和咬嚼橡皮並無二致。

這次在香港慕名前往一些街坊小店試菜嘗味，結果不過爾爾。即使是在會所吃酒釀蒸鰣魚，那味道也好像是經太陽久曬的粉牆；顏色還是那個顏色，只是淡了很多，入口不得勁兒。這也難怪，鰣魚這樣東西太刁鑽，離水即死，兼且速腐，只得雪藏。雪藏的時間久了，鮮味自是大減。即使在七月二十二日在上海天平路老吉士飯店那次吃的鰣魚，說是近水樓台先得月，也還不是新鮮的，不過味道要比香港的優勝。

那天我先獨自前往福州路的上海書城購書，再乘的士和妹妹在老吉士碰頭吃飯。誰知道弄錯了地址，那多話的司機把我的車費一再提升，結果一波三折，花了一百元人民幣才能到達目的地。那老吉士飯店三尖八角，是個狹小的所在，但是很旺場，桌子全部都是預訂的，連那半爿鰣魚也是妹妹託朋友預訂才有。另外我們又叫了清炒河蝦、蒜蓉鱔糊、虎皮臭豆腐、冬瓜番茄扁尖湯。那地方冷氣不足，又吵又熱，叫人感到緊張刺激。我和妹妹坐的是牆角尖的位置。對着我的那道牆上掛着的一幅黑白照片偏偏是紐約唐人街的風景，景中的茶莊正是我在紐約時經常前往光顧的。大吉士飯店的室內設計師大概認為這樣一幅來自遙遠的異國照片富有浪漫氣氛，卻不想我這來自紐約的食客卻又認為上海才是個浪漫華麗的城市。說來說去，原來浪漫只是距離構成的幻覺。此時此刻，上海飯店牆上掛着的紐約唐人街老照片，也就變成了浪漫中的浪漫。老吉士之所以叫我回想，亦是因為只去過一次，留下了大量的想像空間。

鰣魚來了，是有首有尾的半爿（一般蒸鰣魚都喜歡這樣，但是偶然也有取中段的）。鱗片保留着，以免蒸魚的時候把皮下的鮮美脂肪流失。但見鮮亮的一片黃油浮泛在白瓷碟上，魚又躺在油上，魚身上鋪了火腿片、鮮筍片，還有酒釀。酒香撲鼻而來，比在香港蘇浙滬吃的那一爿要強烈有勁得多了。那魚肉入口，有一股獨特的濃香，那感覺也是似曾相識，和我在香港吃牛腩的經驗相似：咦，這味道我認得的，只是長遠沒有嘗過了。好吃是好吃，但是多刺。張愛玲在〈紅樓夢未完〉一文中道：「有人說過三大恨事是一恨鰣魚多刺，二恨海棠無香，第三件不記得了，也許因為我下意識的覺得應該是《紅樓夢》未完。」一恨《紅樓夢》未完尚可探佚，嫌海棠無香可以遠觀便了，唯獨是若果嫌這個鰣魚多刺，解決之道就是不吃。有人吃苦瓜，用各種方法去其苦味，我覺得好笑：有這個麻煩的，乾脆不吃它，也就罷了。要吃不苦的瓜，選擇多的是。千依百順的美人太乏味，反而是刁蠻公主叫人懷想，低迴不已。吃大閘蟹何嘗不驚險刺激，但那又正好是其中的樂趣；鰣魚多刺有個好處：放慢速度，細細品嚐，認清滋味。同樣能夠增加進食的樂趣。至於吃到後來剩下的那一碟黃油，也捨不得丟掉，便叫了碗蔥油麵拌了來吃，把那隻白瓷碟子吃他一個美人照鏡。廣東人話齋：食得唔好嘥，連汁都撈埋。

有的食譜中說蒸鰣魚用豬網油把魚身包住，添增濃香，不使魚的鮮味流失。有的又建議用薑末、香醋蘸食。不過我總是有點懷疑，這是因為從前把鰣魚十萬火急運進宮廷敬奉至尊，雖然有冰湃着，亦不免有異味。那些濃重的醬料調味本是用來掩飾鰣魚的不再新鮮，免得觸犯了天威，招致殺頭之大禍。

水晶肴肉　清炒蝦仁

十月頭裏紐約早就秋涼，大兒子從新澤西來紐約探我們兩老口，一道前往法拉盛的鹿鳴春吃飯。大兒子叫我點兩樣小菜，我便說：「清炒蝦仁、肴肉。」本來就沒有抱太大的希望，但是菜上了桌看起來實在是太不像；肴肉灰濛濛的，至於那一碟蝦仁，每隻都粗如手指。家鄉菜最好依然是在家鄉吃。始終是同一樣菜，即使做得和原地的一般水準，但是沒有了四周環境的襯托和本地氣氛光華的照明，也就大為失色。

記憶中的肴肉是紅艷艷的立方塊，大約是麻將牌一般的大小，一端帶有透明的肉凍子和豬皮，入口酥化鮮鹹，連薑醋都不用蘸。近年來紐約的唐人街上海館子也有肴肉上市了，每次都忍不住要冒險一試，但是結果端出來的貨色簡直要叫真正的肴肉看了蒙羞，絕對不會相認。入口鹹得發苦，很努力地吃他兩三塊，企圖找出其中的好處，但是實在相差太遠，只得放棄，唯有希望他日回港或返上海，一嘗肴肉的本色真味。

七月二十二日到了上海，一有機會便叫肴肉，在香港也吃，可惜全不對勁。在延安路的蘇浙吃的那碟肴肉，只薄薄的八片，看上去又乾又硬，一副可憐兮兮的樣子，彷彿會得隨時隨風而逝，簡直不忍吃之。幸好那裏的生煎包和八寶飯卻不俗。在香港的滙江南和喬家柵也吃了兩次，全沒有小時候吃的肴肉紅艷艷啖啖肉的風貌。失望的次數多了，漸漸地不禁疑心是否自己的回憶把這肴肉理想化了。一時之間恨不得隨傳說中的張果老騰雲駕霧，去鎮江酒海街的那一家小店一嘗硝醃的豬蹄膀子做成的真品。

好了，去年的十月離開揚州時路過鎮江，二姊的大兒子和妻子和我們會面，遊金山寺，看大雄寶殿，又請吃飯，其中最具特色的是魚雜，有魚腸、魚肝、魚肚，和魚皮，用蒜頭、薑片、辣椒一炒上碟。臨行又送我們每人一盒肴肉，這對我來說實在是意外之喜，心想：寶貝，這下子可終於能夠見到真佛了。那硬紙盒子上自珍自重的四個金字：水晶餚蹄。把盒子打開一看，方方整整的一大塊厚肉，亦自珍自重的用透明厚紙封密保鮮；但見瘦的部分紅潤粉艷，肉凍子部分透明如同水晶。我在路上就忍不住切了一小塊來吃，果然是本家珍品，並且證實了我的童年回憶正確無誤，和眼前的這一方美食心心相印，絲毫不爽。到了香港之後，妹妹告訴我她會得做這個肴肉。她一邊說我一邊就做筆記：「豬蹄膀起骨，只取不見天，灑上硝水，再用粗鹽擦透，放入冰箱醃兩三天……」妹妹有點倦怠，停下來，只說：「改天我做給你看吧。」然而她始終沒有做。到了紐約之後，千方百計的託老伴在唐人街買到了一包硝，只是一時的興致過了，再也提不起勁去做這流程繁複的家鄉美食，連那包硝亦早就不知去向。

和妹妹在上海的那幾天，簡直每一頓都吃清炒蝦仁，彷彿報仇似的。中午的一頓在鼎泰豐，味道不過不失。晚上的一頓在老吉士，那碟清炒河蝦每一隻都小巧別緻，尾巴上還帶着殼，多半是為了向食客證明此乃新鮮海中尤物。我這邊廂也不介意邊剝邊吃，放慢速度，增加情趣。這老吉士蝦仁果然味清鮮，夠彈性，吃得我十分開心。後來在光明村又吃了一次；粉紅菜單上寫下的是：清炒蝦仁，每盆三十九元。我看那個「盆」字十分有趣；上來其實只是一碟；也幸虧只是一小碟。

到了香港之後，在蘇浙滬和喬家柵各吃了一次。蘇浙滬的清炒蝦仁出奇地好吃，有酒香，顏色勝雪，入口彈牙，炒得彎成一顆顆珍珠模樣。小時候在尖沙咀的喬家柵吃的蝦仁有紹興酒的清香和豬油的鮮香，略帶粉紅。新長出來的軟殼還貼在蝦仁上面，炒出來就是粉紅色的。用調羹舀起蝦仁，加點米醋，入口鮮香，最是醒神。這個清炒蝦仁在自己家中做也容易；紹興酒和豬油都可以現買，難的是找到大小合適的蝦仁。紐約這邊的超市有蝦仁出售，可惜太大。炒蝦仁的秘訣就是大火急炒，斷生立即離鑊上碟；稍微拖延就老了。但是大個頭的蝦仁要多炒幾次才能熟透，因此又嫌老了不好吃。我如今想到了一個折衷的辦法：大蝦仁看情形切成兩段或三段，權充小蝦仁。這樣炒成的蝦仁果然不錯。還有一個辦法，就是把蝦仁從背部落刀，切成雙飛薄片；這樣也可以快炒得鮮嫩可口。

蘇浙滬的回憶

七月三十日星期六那天，自覺元神充足，意氣昂揚，不為別的，只因為天氣清涼；這在香港的夏季真的是難能可貴的日子，差不多要裝入瓶中留為紀念。就在那天的下午七時，妹妹和妹夫約了我在中環皇后大道中萬年大廈的蘇浙滬同鄉會吃晚飯。我到了那裏寸步留心，事事默記。例如說，入口處便是兩道描花玻璃屏風，右邊是三幅枝頭彩雀，左邊是花間鳳子，也是對稱地三幅。大圓標識中間是「蘇浙滬」三個大字，圓周是英譯 KIANGSU CHEKIANG & SHANGHAI RESIDENTS（H.K.）ASSOCIATION，給我的感覺很五十年代；彷彿是北人南下，初到香江，這裏只是一個暫時的歇腳處而已。小時候和父母一起在五芳齋、四五六、喬家柵吃晚飯的情景如同煙雲一樣，隔了半個世紀又再度飄現眼前。

妹妹訂的是蘇州廳，地方簡潔明亮。淺棕色的椅套，桌布雪白，同樣雪白的餐巾摺成扇子形狀豎在那裏，連碗碟調羹也一清如洗，沒有半點裝飾花紋。人彷彿置身於雪洞裏面。我就是喜歡這樣。我突然發現自己這樣神色隆重，不禁失笑；不過是一頓晚飯而已，還值得如此描畫細寫？想從前在香港，總會不時前來這裏吃飯。初認識《星島日報》副刊編輯何錦玲，她會約我在這裏和文友見面，飯後一道去看梅蘭芳的《生死恨》。寫「粧台隨筆」的陳方低聲說道：「我想他的好處就是看起來不像是個女的。」我猜陳方的意思是：梅蘭芳沒有刻意去追求女性化的效果，反而顯得自然。這也是很獨特的觀點。不過我們都沒有機會看到過年輕的梅蘭芳。在上一個世紀的八十年代，老婆替我送稿去報館，帶着三歲的小兒；何錦玲見了便說：「好像杜杜呀。」如今（指二〇一一年）小兒已經三十開外。而我去年十月回港，張浚華告訴我何錦玲正娶孫媳婦呢。記得從前蔣芸、張敏儀設飯局，我也敬陪末座，一嘗那裏的燻蛋和蝦子大烏參。吃罷抹抹嘴巴便走了。好像從來沒有道謝，也沒有帶一罐龍井或什麼的到場；更沒有把事情放在心上，哪裏會去留意蘇浙滬的標識是圓是方。（何錦玲女士已經在二〇二四年去世，享年九十。）

那天在蘇浙滬吃的晚飯有紅燒獅子頭配白菜、清炒莧菜、清炒蝦仁、酒糟鰣魚半條，和素菜包子。飯後甜品我原本要的是八寶飯，侍應建議乾煎糯米飯。我無所謂。雖然我心目中的八寶飯是蒸出來的，上面釀有建蓮、紅綠絲、葡萄乾，澆上了一層晶亮的糖桂花，用調羹舀來吃；入口軟糯香滑，甜而不膩。那半條鰣魚的做法和我在上海老吉士餐廳吃過的一模一樣，配以冬菰絲、竹筍片、火腿片，用酒糟蒸得黃油泛碟。但是在香港吃的鰣魚要比在上海吃的差了兩皮；味道是同一個味道，卻淡了一些，好像同一隻顏色調多了水。在上海老吉士吃的那半條鰣魚要鮮美得多；連那碟子黃油也捨不得浪費，用來拌一碗蔥油麵，統統吃進肚子裏去。

獅子頭紅燒，我無所謂。我自己閒時在家做獅子頭先把肉丸子兩面用油煎得金黃的一層外皮，再加濃醬細火燉兩、三個小時。不過煎成的肉丸子通常都給煎得扁扁的差不多變成了肉餅，失去了獅子頭的面貌精神。於是改用一個小鍋，放滿了油，油滾了將大肉丸子一個個的滑入油中炸；這樣就能保持圓球形狀。但是正宗的揚州獅子頭清燉。去年十月在揚州五天，天天吃獅子頭，一律清燉。在揚州迎賓館吃的大煮乾絲和各色包點，好吃得沒有話說。完全地道家鄉風味，就地取材，原汁原味。蘇浙滬再好，也只是略解鄉愁。居然還有人標榜「本幫菜不油，川菜不辣，甬菜不鹹，蘇錫菜不甜」的論調，說是「適可而止」云云。聞說蘇浙滬如今亦有廣東老火湯供應了，說是改良創新。不過我看自己也不必太執着了。連收藏大家王世襄也說：「乾煸牛肉絲是川菜，要下大量的郫縣豆瓣醬，故辛猛可以灼舌，而北京製作此菜時，豆瓣醬酌量減少，俏頭也有一些改變，於是更加適合一般人的口味。」「一般化」正是一切藝術的大忌。說得好聽是「融會貫通」，但是為了迎合一般的口味，往往失掉了個性。我們欣賞藝術，不論是文學還是菜式，就是因為它獨一無二的風格品質，個性特強。

自助餐

說奇怪也並不奇怪；在香港的三個星期，妹妹帶我前往清水灣的 Golf Club 喝茶，去天光道賽馬會吃 tasting menu，統統都是耳邊風，吹過了就算數。只記得 Golf Club 那邊風景如畫，那天下午又剛下雨，一片清涼；那裏的點心都亮麗明潔，卻缺少了那一點庶民的日常風味。Chariot Club 又要好些；有叉燒燒鵝，還有燒腩肉，清炒時蔬，吃的比較適意。一般會所規矩比較嚴，小孩不許內進，手機都得關掉。我心想又不是上禮拜堂，也不是開什麼機密會議，恐怕還不至於要這樣吧。大不了不過是吃一頓飯罷了。形式大過內容是一切生活藝術的大忌。假如我對日本的茶道有所抗拒，那就是因為它太過一本正經了。

不過妹妹帶我去 Hong Kong Club 吃的自助餐，我卻十分喜歡。一般的沙律冷盤都有。另外還有蠔、羊扒、煙三文魚、咖喱帶子、廣東點心麵食。不過給我印象最深刻的是那一道薯蓉，的確是精品，入口香滑，卻又帶一點 rustic 的田園風味。裏邊的侍應都很友善，非常耐心地一一解答我的問題。

我想我之所以對自助餐有特別好感，是因為三十年前我在香港的那一段流金歲月裏，時常在周末獨自或和家人一起去吃自助餐。那是懶洋洋帶點夢意的日子。那時候海運有一家餐廳叫匈牙利，大紅磚地板，牆上掛有彩繪的大瓷碟子，地方異常雅潔安靜。我經常獨自一人在周末上那兒吃一頓自助午餐，主要吸引我的是煙三文魚和 tartar steak。這個 tartar steak 是全生的碎牛肉，用雞蛋洋蔥辣椒等配料拌成，非常的鮮辣刺激，百吃不厭。匈牙利餐廳照一般慣例亦有餐前牛油麵包。盛牛油的是一隻厚重的陶瓷砵子，很特別，小小的一個圓形，砵壁特厚，深棕色，內裏是淺淺的一彎湖水綠的小池，池中盛着明黃色的牛油，看上去十分悅目，也從來沒有在別的地方看見過。我順手牽了幾隻回家，到如今還剩下一隻完整無缺的在家裏，就放在案頭，是最現成的紙鎮；我將一個百花水晶球放在上面，托得非常安穩。在夏天的夜晚讀書，我會將它握在手中，沉重而又冰涼；那難得的實感清楚的告訴我：從前的一切並非一夢。

有時候我會帶着自己的孩子一道去，並且換換地方，去麗晶。在那裏遇見過一對年老的美國夫婦，女的正在鬧彆扭，那男的輕聲勸說：「別嘆氣，快點吃。」有一次在排隊拿蛋糕點心，巧遇李香琴。她滿臉堆笑地向我說：「你先啦；你先啦。」非常的客氣有禮。吃罷自助餐之後，又一起在尖沙咀附近的公園散步，又或者去海運的精品店去買一兩件有趣的工藝品或丹麥瓷器。我甚至試過憂來無方，沒個為歡處，遂一個人前往赤柱，找到一家頗具歐陸風味的小餐廳，走進去，靜靜的在一個小角落吃牛油麵包喝周打魚湯，四周是粉綠的牆，面對着一方小小的窗戶，可以看到海景。這真是一個新發現。後來告訴了素葉的朋友，果然西西一眾好友都前往一試。事後笑道：「倒是有點地中海風情。」那真的是自由自在的一段日子，也不見得特別的快樂興奮，反而覺得有點沉悶。寧靜倒是寧靜的。如今回想，在那沉悶寧靜的日子裏獨自一人前往赤柱吃自助餐正是不可思議的最大的幸福。

來到紐約之後，過了一段惶惑的日子，忘記了自助餐。只是有一次在曼赫頓逛書局之後無意間發現了一家印度餐廳有自助午餐供應；有咖哩羊肉、番紅花炒飯、乳酪馬薩拉雞腿，和各式蔬菜甜品，包括了用牛奶和蛋黃做成的印度米布甸。偶有香港來的舊同事或朋友，總是請他們到那裏一試純正的印度風味，順便欣賞一下那裏的老板娘披着紗麗，風姿綽約地在巡視打點，看食物是否要添加，客人是否吃得適意。只可惜後來那裏的周末自助午餐取消了。到了如今，連這餐廳也不見了，消失了，不留痕跡。誠如法國文豪普魯斯特所言：房屋、道路、大街，唉！都跟歲月一樣易逝！

在上海的錦麟天地吃過頗為清簡的 Continental breakfast，也是自助形式。有鹽焗草蛋、果醬麵包，各式水果、咖啡或茶。每張餐桌上都有一朵白色康乃馨，斜斜地靠着透明的玻璃水杯杯口。在家鄉的揚州賓館也吃過精彩的自助早餐；大煮乾絲，各式包點，不單單是美味，而且相當便宜。但是最難忘的還是香港文華的自助餐。這次回港，終於想辦法偷空在最後一天獨自上文華吃了一次。最特別的是那隻燒乳豬，真正是烤成了淡淡的金黃色。那肥肉的部分最是甘飴，軟糯如膏。我吃了一塊又一塊。那高個子侍應耐着性子微笑着彎着腰切給我。末了我要吃豬頭，他於是便用極流利的刀法給我切下來一片香脆透明的豬耳朵。

從前在香港，周日逛書局之後，常常上文華喝茶，吃那精緻如同蠟雕的奶油小蛋糕。

印傭與月餅

我在中環名牌商場林立的大街看見了蝙鼠吊金錢的招牌，上面有「德榮押」三個大字，看上去失魂落魄似地，彷彿患了時代倒錯症，一頭從上一個世紀栽了進來。待我走近細看，卻分明是一家樓高三層的當舖；門內的那塊遮羞板還鑲了亮晶晶的不鏽鋼條；那高高在上的朝奉正低着頭在按計算機。後來我又在紅磡和九龍城多處見到當舖，可見是真的了。

我問妹妹的司機阿傑：「如今銀行借貸那麼方便，門路多的是，還真的有人把棉胎和冬衣舉掉了救一時之急麼？」阿傑笑道：「當舖生意肯定有得做，不過現在典當的是名貴電子器材。和二叔公打交道的各路英雄當中有菲傭和印傭。曾經有菲傭膽大包天，把東家五十萬身價的名牌手錶康詩丹頓十八萬當斷。」

一語倒提醒了我。我早上出門之前順手把四千港元收在眼鏡盒內，就放在廳中的桌子上面，而妹妹正差使印傭桑廸前往作每周一次的清潔，順便把我穿過的衣服拿走。我打電話告訴妹妹我的憂慮，妹妹說：「這倒不怕；桑迪的手腳很乾淨。」

妹妹有潔癖，簡直沒有傭工中她的意。有一段日子索性自己做。妹妹清潔地板不用地拖，而是蹲在那裏用抹布細細地從牆角抹至另一個牆角。桌上不得亂放雜物，浴室器具一式晶亮如鏡。她嘆一口氣，對傭工的態度略為放鬆，並且告訴我一些主僕之間的血腥案件。有菲傭把在銀行任高職的女東家肚子破開，女東家求救把守衛叫來也沒有用。菲傭把守衛推走，反鎖大門，把女東家的腸子也拉出來了。這完全叫人想起拉丁美洲小說《一件預先張揚的人命案》裏面的情節。另外還有菲傭被東家發現在家常老火湯之內作另類加料。

我對菲傭的印象皆從遠觀得來。中環一帶的廣場在周末黑壓壓的坐滿一地，各自在聊天，用電腦，吃三明治。我曾試過向菲傭問路，她們都樂意幫忙。其中一位更主動教我在天星碼頭購買代幣。桑迪是我唯一近距離接觸的印傭。妹妹教桑迪做中國菜，三個月下來她已經上手，做得相當像樣。煮合桃腰果栗子豬腲湯，桑廸知道先要把豬腲出一出水洗淨。桑廸的炒菠菜和蒸石斑我領教過，果然是中規中矩，有紋有路。鹹蛋煮熟了連殼對半切開，露出橙紅蛋黃，碼在白瓷碟上，很是悅目。飯後桑廸給我泡一壺大紅袍端來，佈滿紅絲的臉上露出笑容。都說一般印傭比菲傭更有合作精神。桑廸是穆斯林教徒，叫她用豬肉做菜她只好勉為其難，一道紅燒黃帝肉照樣燒得紅艷艷香噴噴，不過她自己是絕對不碰的。桑廸家常吃什麼是個神秘的命題，我也沒有去打聽。不過她還算是比較幸運的，在廚房後面有她自己的睡房和浴室。聽說一些住兩房一廳小公寓的家庭，菲傭只得在晚上做廳長，又或甚至擱一塊木板在浴缸上面，權充臥鋪。

桑迪每次把我的衣物洗燙妥當之後，都疊得好好的放在椅上待我到取。每次我給她賞錢，她還我一杯白開水。又一次她來我的落腳處樂信台做清潔，我剛好前天買了單隻的雙黃月餅，裝在一聽漂亮的紅色罐子內還沒有動，另外還有啟用過一次的龍井，放在綠色小罐內。我一併收在禮物紙袋，送給桑廸。桑廸一高興，就坐了下來和我談天，說她臉上的暗瘡，是來了香港之後才有的。如今正在想辦法醫治。

乜些利風景

如今我人在九月將盡的紐約，雨後的清涼隨着習習的微風穿過窗子傳來，回想起暑假在香港的三個星期，彷彿已經是上一輩子的事情，只是這一條名叫些利的街道形象鮮明地浮現在炎炎的烈日和冉冉的綠葉之中。在短短的二十天內我對些利的感情真是與日俱增，只因為些利的風景看之不盡，常有驚喜。每天由羅便臣道的住處外出，總得乘搭這道電動長梯到中環。有時抬頭一望，只見小樓窗外垂着長滿綠葉的蔓藤，枝頭開了兩朵紫色小花，活脫是安徒生童話裏面的情景。街道走熟了，還會得在半途的港鐵特惠站把地鐵卡在上面拍一拍，即可增值二元。我自覺拍地鐵卡的姿態非常熟練漂亮；路人經過看見，對我微微一笑，我頂上頓時生出光環，自己儼然是個老香港了。

最初還以為街名脫胎自西班牙白葡萄酒，後來看了英文之後又以為是借取了英國詩人雪萊的浪漫色彩。結果弄明白了：這街道是因曾經在香港當首任審計署長的 Adolphus Edward Shelley 而名。中文原來是「謝利」，若是用粵音讀出便和英文的發音對不上。這個些利，只在任兩年之後便匆匆落台；當時的港督戴維斯狠批些利的為人：「放浪形骸，欠債纍纍，背信棄義，不能重用。」不過戴維斯本人亦不得人心，苛捐雜稅，傲慢無禮，經常對下屬嚴厲譴責。當年以些利作街名，原來是些利自己出的主意。

從嚤囉廟街轉入些利街，左邊是回教清真禮拜堂，右邊是鳳凰餐室。鳳凰餐室有粉綠色的外牆，牆頭繪有五彩的花鳥，似乎是個雅靜的去處，但是我亦只是站在外面看看便算了。對於清真寺亦是淺嘗即止。鐵欄頂上飾有金漆的月亮星辰，可以看到鐵欄內的大樹，在雨天也可以隱隱地聞得到白玉蘭的甜香。晴天的日子裏沿着街道行走，不時傳來多采多姿的氣味，有時候是炒蒜，有時候是麵包的脆香。沿路盡是食肆，迎面而來；墨西哥美食的窗戶垂着一大串紅的綠的辣椒，東歐餐室標榜純正烏克蘭風味，門外站着一具哥薩克大胖子人像；有日本壽司、英式酒吧、橙樹燒烤、有機飯店、蟬鳴小館、意大利雪糕；還有一家中式飯店，在門外鳳尾森森的竹葉間垂着兩串紅燈籠，很是幽秘。

這些利街實情就是一整個大都會的縮影，清真寺和浸信會和平共存。路上隨時會遇到操流利廣東話的印度人，或聽不懂粵語的北京客。最有意趣的是合記油米和 Chicken On The Run 並肩而立，強烈對比。這合記油米還保存了上一個世紀五六十年代的雜貨舖風格，手拉鐵閘，門上叮叮咚咚地掛滿了紙燈籠和彩紙飛龍玩具，門外擺着水果攤子；店內有個穿汗背心的中年漢子坐鎮，看不清容貌神情，倒是姿態懶洋洋的，彷彿也是屬於上一個世紀的人，穿過了時光隧道，只剩下了一個印象。門外蹲着一隻灰色花貓，一動也不動，同樣的懶洋洋。說不定什麼時候，有潦倒的作家會在靈感乾枯的時候，下樓來這裏買一隻芒果。和合記油米貼着的是澳洲風情的 CHICKEN ON THE RUN，除了各式雜菜之外，兼售粉彩條狀的澳洲糖果麝香棒。

從些利街轉落閣麟街，我進了蛇王芬吃了頓午飯：蓮子百合豬㬹湯，回鍋肉飯。結賬一百二十五元，另加小費十五元。那回鍋肉飯完全不對，麵筋配肉片，又酸又鹹。朋友雲遜知道之後笑說：「在冬天可以一試他那裏的膶腸飯。」

只看不吃，回味無窮。這是我對些利街的體驗。一天傍晚，我路經露天餐室，看到一名金髮纖瘦的烏克蘭青年，氣味沉靜，長相清癯，正坐在昏黃的燈光下一本正經地吸煙斗；那看似是櫻桃木的斗柄細長垂地，上面密密的滿是彩紋，彷彿景泰藍。烏克蘭煙斗統稱 lyulka（意即搖籃），可長可短，但是像這麼長可及地的 lyulka 極罕見；通常只有在博物館出現。只見那青年全神灌注地低頭吸煙，彷彿那煙斗是件樂器，而他正在吹奏最玄妙的無聲樂章：

Heard melodies are sweet, but those unheard
Are sweeter; therefore, ye soft pipes, play on.

又一次深夜回去，電動長梯旁坐滿了年輕人，有的雙雙坐在一起談情說愛，有的赤膊露胸，伸長脖子在喝啤酒，化酷熱為樂趣。我看他們熱鬧，便駐足觀看一陣，分享分享。還有一次是在早上十時二十分，那道電梯就要反轉方向，從上而下改為從下而上。我們都在下面等待。遠遠的但見最後一名乘客裊裊婷婷地站在那裏，一身灰黑裝扮，右手打着陽傘，而根據舐吃的姿態，可以斷定左手握着的是雪糕筒；漸漸地從上而下，由遠而近，那模糊的身影終於清楚定型為一名千嬌百媚的男生。這也可以算是夏日裏的一幅美人品雪圖吧。

清風

在上海的兩天我和妹妹住興業路的錦麟天地，是個亮麗明淨的地方。回港前我把上海買的圖書分別用紙皮箱包裝好了，中間尚有空位，便把錦麟天地的兩卷衛生紙塞了進去，一來可以防止書本在路途中互相碰撞，二來也提供了我回港後兩個星期的善後用品，不必為這點事麻煩妹妹，更不必另外前往超級市場花費購買，真可以說是一舉兩得。

這遠道從上海陪同我的書本來香港的卷筒衛生紙，用蔚藍色的膠紙包裝，包裝上面斜斜的草書「清風」兩個大字，另有「全新升級，更厚實，更柔韌」的小字。這倒不完全是宣傳；我把這衛生紙拉出來檢看，攤在手心；原來有三層，所以厚實，但同時又輕柔；這衛生紙將兩種互相叛逆的品質矛盾統一，的確是同類型中的精品。紙分三層，這倒叫我聯想到自己收藏的《十竹齋箋譜》，線裝對摺的紙當中也是另外再夾了一層紙，以免兩面的圖樣透過薄紙而互相騷擾，影響了欣賞箋譜的樂趣。而我面前的這三層清風，也可以教人安心操作使用，順利完成大業。

能夠想到用「清風」作為衞生紙牌子的那位天才還真的具有詩情畫意的想像力和輕淡雋永的幽默感。法國小說《巨人傳》裏面的巨人高康大還是小孩的時候，便告訴來探望他的父親，保持衞生乾淨的首要條件是要把屁股擦得妥妥當當，並且列舉了不下百種善後物品，包括了宮女的絲絨護面、瑞士衞士的帽子、三月貓、玫瑰花、小牛皮、紅玄參、綠菠菜、葫蘆葉、止血草，而結果發現最理想的是長滿絨毛的小鵝頸，柔軟而又溫暖，熱氣直入大腸小腸，上貫心臟和大腦。並且鄭重聲明這個才是神仙極樂的享受云云。有趣的是高康大竟然並沒有提到清風。如今的智能座廁板，不但可以調整坐板和水的溫度，更在清洗之後噴出暖風，要比鵝頸方便優勝得多了。稱衞生紙作清風，絕非憑空揑造。想七賢隱逸竹林，吟詩喝酒之後，還得找個去處方便則個。此其時也，忽然一陣清風吹來，那方才是不足為外人道的享受，充滿了田園氣息。

起初在街坊小館吃早餐，看看餐桌上公然放着一卷衛生紙，大不自在。打電話給在紐約的老伴，老伴笑我大驚小怪，並且說一向都是這樣的；早二三十年前，沙田或大笪地的大排檔，有卷筒衛生紙算是好的了。起初我覺得稱這日用品做「衛生紙」有點裝模作樣，何不實話實說，叫它做「廁紙」？如今我又有了另外一種想法：稱衛生紙正好保持其模稜兩可的身份；反正抹嘴也是衛生。兩重任務集於一身，靈活運用，何樂而不為？

後來我和妹妹和妹夫在黃泥涌熟食中心大排檔吃海鮮，吃得十分適意。有清蒸石斑、薑蔥花蟹、椒鹽瀨尿蝦、蒜茸焗雞；那一碟蛋白炒苦瓜，尤其可口。吃罷用茶水洗手，一看，桌上果然放着一卷柔軟衛生紙。二話不說，大大方方拿來抹手揩嘴，非常心安理得的樣子。又一次正和妹妹在天后廟對面的一家小店吃清湯牛腩麵，忽地有報館來電催稿，於是連忙從青綠的蓋筒中抽出軟紙抹嘴，匆匆離場，回去趕稿。原來這衞生紙還有特製專用的蓋筒，放在桌上備用。這樣一來更加確定了身份。

什麼紙作什麼用途，全看際遇。我有一套《甲戌本脂硯齋重評石頭記》，月黃的紙張上現着秀麗的楷書黑字文本及紅色的脂批，近嗅隱隱的帶有草香；經友人鑑定曰：「此乃玉扣紙。」草紙也是玉扣紙的一種，是我小時候用的廁紙。同一事物，既可以供天才大旨談情，也可以給凡夫清理善後。正好用來說明職業無分貴賤，能夠發揮功效便好。

小時候上學，路經侯王古廟的公廁，門口有坐着的老婦在守候，身旁的木凳上放了一疊切得整齊的淡黃色草紙。我那時候又哪裏會想到這東西能夠昇華盛載荒唐言與辛酸淚？說到昇華，卻又想到黃泥涌熟食中心廁所的一則告示，標題是「溫馨提示」，叫人勿將廁紙雜物丟進去「尿兜」。本來「溫馨」是我最討厭的陳腔濫調，但是如今和「尿兜」用在一處，卻充滿了詩情畫意和幽默感。

◌ 牛雜麵——相請不如偶遇

相思是因為阻隔。說是人隔萬重山也好，說是可憐無數山也可以，左右不外是因為三十多年前（算起來竟也已經是上一個世紀的情事）在紅磡桃園吃過的那一碗五香牛雜麵罷了。人在香港之際，自是近水樓台先得月，看畢電視播放的午夜老電影，說不定就是嘉寶的《瓊宮恨史》，只覺夜長，便施施然撻對涼鞋下樓，不消十分鐘便在桃園坐下。那桃園牛雜的味道尚佳，有五香，只是略鹹。通常叫一碗牛雜麵加上一碟腐乳炒通菜便了。後來吃得老油條，會得說：「要碗膀腸麵。」因為牛肚沒有什麼好吃。但是有父子代代傳承的大排檔，規定了牛雜一碗九件，曰：一肺四肚三腸一膀；絕對不能要多點腸或多一塊肚。若是客人嫌湯中有蔥，那藝術家脾氣的檔主乾脆把客人轟走，訓曰：「我辛苦花了四五個小時做成這新鮮牛雜，精心烹調；你不能欣賞，還要嫌三嫌四。」紐約茶樓的牛雜名不副實，數十年來都只是一味牛肚；膀、腸欠奉。牛肚乏味，烹調失當等同咬嚼橡皮，不及牛腸那般有發現的喜悅：粉腸一口咬下去，內容一麻糊地流瀉口腔，尤其甘飴。在加拿大多倫多試過兩次牛雜，內容沒有紐約的單調，但是味道不過爾爾。只是有一段時間在香港也不容易吃得到牛肺了；好的牛肺彈牙兼且爽口。移民紐約之後，會不時夢回香江，獨自走在黑夜裏的橫街小巷，只見一列大排檔，在火水大光燈的照明之下，煙霧瀰漫，愈發靜悄悄的像是個幽靈界；那處的人亦從來不和我交談；我滿心歡喜地想坐下來好生吃他一碗牛雜麵，但每一次都是還沒有到口便從夢中醒來。也幸虧是這樣，不然的話就會像波瑟芬妮那般長留冥界了也。而我暗自奇怪：睡夢中的人吃東西是否也會吃出味道來？

我理想的牛雜是肚肺膀腸胰俱備；不得其解的是吃牛雜從來也沒有吃着牛肝。我頗為喜歡各類的肝，最佳莫若黃沙。鵝肝自是首選。咱們的潮州鹵水鵝肝切成厚片，工整排列在白瓷碟上，柔滑粉嫩亮晶晶，絕對不用添加任何調味料。老外的鵝肝醬內有松露菌，配兩片切薄的橙，是雋永的下午茶點。喜出望外的一次是在獨自逛集古齋之後上文華，心思思要吃鵝肝，侍應臉有難色，原來廚房通常下午不做這類繁複工夫菜。沒多久有領班走來解圍：「就破例情商廚房做一次吧。」我心想大不了不過是罐頭貨色罷了，誰知道上來的竟然是一客肥大鮮鵝肝。

在一九九三年，移民五年之後回港，少不免和故友重上文華，喝 Earl Grey 奶茶，啖杏仁小蛋糕，卻壓制重溫鵝肝夢的想頭；時移世易，一怕沒有，二怕有了卻會破壞那美好的回憶。然而紐約也偶有令我驚喜的時刻。在香港消失了多年的豬膶腸粉，竟在紐約的翡翠湖遇上，而且是明艷的黃沙膶。也就只有這麼驚鴻一瞥，以後再也沒有看到過。大概也可以算是禮失求諸野吧。

好了如今我可得乘搭飛機穿雲過海，不惜忍受枯坐十六小時的折騰，重返故園，為的難道不是和舊友重聚，亦不是那套在上海三聯書店靜候的線裝《牡丹亭》，而是一碗在回憶的照明下顯得立體清晰的牛膀和牛腸？

弄清了這真相之後我不禁大吃一驚：我的自我中心竟然到了這般田地，還是這裏面還有更曲折的內情？這一次回港曾多次經過上環的大排檔，卻一次也沒有坐下來吃牛雜麵，因為不是時候。只記得其中有一次看見有名中年婦人蹲在那裏在劏紅衫魚。我默默地記着她劏魚的姿態和紅衫魚的顏色。如今回想起來也已經隱退成為夢境了。有一次去銅鑼灣的三聯書店，路經一家牛雜麵店，剛好是午飯時間，便進去吃了一次，只是嫌味道太鹹。一邊吃，一邊告訴自己：「這是牛粉腸，這是牛肺，好生嘗真味道了。」因為知道事過情遷，最刻骨銘心的經驗也會轉為虛幻，只有依靠記憶和文字留下一點痕跡。

妹妹知道我喜歡牛雜，和我在灣仔菜市場附近的一家潮州麵店吃過一次，也是嫌太鹹。席間我說我買了一隻鐵芬妮的銀匙要送給她的孫子，閒聊間妹妹不知怎的便哭了起來；妹妹就是這一點像母親：不開心的時候哭，開心了也是哭。妹妹說我到了如今還是不會保護自己。我說自己沒有什麼好保護的，能夠有機會好好的保護別人便可以了。在外人面前我倒像是她的弟弟，過馬路她拖着我的手，我買來的書她替我一一包紮妥當，連我的衣服她也不許我送去洗衣店。奈何這一次的牛雜麵吃得不甚適意，多半是因為久別重逢，許多的事情千頭萬緒的還沒有梳理出一個條理，說話好難說得清楚，唯有各自低頭吃味道失調的牛雜麵。

吃得滿意的一次是和舊同事黃 Sir 在尖沙咀一處叫金湖的；我和黃 Sir 逛了半天的馬路，他陪我往辰衝看書，又去中藝看工藝品，忽然天下起雨來了，我們於是進去偶然路過的金湖避雨兼歇腳，順便醫肚。兩人都點了牛雜麵。我一吃之下，咦，味道不錯。黃 Sir 也說這牛雜味道剛好。我們於是又另外叫了一碗清湯牛腩，也頗為清鮮可口。世事往往如此：愈是刻意的愈是無味，無心遇到的卻叫人驚喜。黃 Sir 和我談得來。他曾經因為在摩羅街古董店看見一尊瓷像活像簡而清而要我一同前往觀賞。知道我喜歡《紅樓夢》，送給我一套胡適收藏的十六回乾隆甲戌本《脂硯齋重評石頭記》影印本，當年只印了一千五百部，異常珍貴。又一次他在澳門看到了一尊獲獎的史湘雲醉眠芍藥裀瓷像，神情嬌媚，便拍了一照給我共欣賞。兩人吃牛雜麵，黃 Sir 忽然論到了生死大限這命題的上頭，我也只有靜靜的聆聽。（黃 Sir 已經在二〇二二年去世。）他來紐約看我，我和他去曼赫頓的五粮液吃夫妻肺片，又吃印度自助午餐。他一心要前往哈林區探險，只得奉陪。兩人在哈林區的街道上行行重行行，忽然他說：「乜點解冇槍聲嘅？」

在香港最後的一天妹妹親自下廚，在她家中弄了一桌子菜，其中有豆芽魚翅、花膠鮑魚白菜、清蒸東星斑、凍花蟹，還有我特別點的鹹蛋。我心中知道以後再也不會再吃得到了。飯後妹妹又叫印傭替我泡一壺大紅袍。我坐着喝茶，透過法國落地窗看黑夜的海景，心思一片寧靜；然而坐在她的家人當中，只覺得自己總歸是客。我和她在上學途中一起吃白糖糕的童年歲月已經一去不復返。只記得那一碟牛雜，我喜歡的牛粉腸牛膀牛肺一應俱全。可見單是這一碟異色小菜，亦是她花了精神時間，籌之已久的結果。牛雜旁邊還有一小碟潮州辣椒油，亮晶晶紅艷艷的看了叫人淚下：浮生着甚苦奔忙，盛席華筵終散場。我心中很清楚，這是一次交代，也是一個總結。我默默地嘗了兩塊，妹妹也沒有說什麼。味道如何我已經忘記了。

◎ 忘憂菜市場

男生煮飯洗衣服做家務，實在不必蒙羞，正如女性從政治國，亦不會有誰會因此而揚起一根眉毛。治大國和烹小鮮，本來就是可以隨時對換的營生。自從老伴中風之後，我老是在旁打氣：「振作一點，你現在唯一的工作就是搞好自己的身體：注意飲食，不可任意而為，莫抽煙，多運動；冬天的陽光尤其寶貴，有機會便出去曬曬太陽，多多吸取維他命D。努力奮鬥，努力奮鬥。」老伴笑嘻嘻的望着我：「你去奮鬥，我要瞓覺。」

家務自然是我一腳踢。清早起來，先把牀單被套牀鋪枕頭套拿下去清洗，把昨天晾乾的衣物取下疊起收妥，然後吸塵，洗廁所。從夏到秋，從秋到冬，九個月下來，本來是雞手鴨腳的我終於把繁雜的家務做得得心應手。

洗衣機、吸塵機、冷氣機、攪拌機的性能亦漸漸摸熟了；堪稱日理萬機，鉅細無遺。家務做罷，把手洗淨，替她量血糖血壓，給她和自己做早餐：雞肉熱狗一隻，無糖豆奶一杯。吃罷提醒她服藥，然後叫她去洗碗，且道：「你也得操作一下，消耗一些卡路里。」省得她又長坐沙發看電視，百無聊賴吃榴槤。她那邊廂以一秒鐘一百零六格的菲林慢動作從事早餐的善後，我這邊廂匆匆忙忙打電話找上海伯修理父親浴室漏水的水龍頭和我廚房的去水管。電話打過，把自己的一條西裝褲拿去韓國女子的洗衣店。這……剛剛寫到這裏，門鈴叮噹，修水龍頭的上海伯來了，非常富有經驗似的驗看一番，道：「你父親的水龍頭還不需要修理，關的時候注意些，不會滴水。你廚房水槽下面的水管上一回的修理匠沒有看到毛病的所在。你看，水漬是從這裏開始的。我現在替你徹修，一百元（美金）。」我看他這人說話倒也實在，便都同意了。那韓國女子丈夫去世快三年了，她工作如故：一周工作六天，每天十二小時。她曾經託我前往唐人街買幾塊天然的小石頭，放在小缸內，工作累子，但是她選擇獨居。她在我眼中是真正的英雄，而且她本人完全不自覺。了可以看看，悅目怡神。一個人的生活可以清簡樸素若此。她有一個已婚的兒

離開洗衣店，看到有位墨西哥青年非常開心地從一家士多店走出來，一邊吃着一隻麵包。我猜想他是附近藥房的夥計，偷空出來買早餐。我看他快樂如同一隻覓食的麻雀，不為什麼，只因為嚴冬早上手中的一隻麵包。當然，和太陽底下所有的蒼生一樣，他肯定亦會有他的煩惱，但他有活在當下的智慧，而且這智慧是天賜的。

在俄國文豪的現實主義長篇小說《安娜卡列尼娜》裏面，道麗發現丈夫和家中的法國女教師蘿蘭小姐私通，痛苦萬分，但是還是振作精神處理日常家務，吩咐女管家去買新鮮牛奶，又去尋找廚房的替工。道麗在家務中暫時淹沒了她的憂愁。托爾斯泰還在書中直接說出了解決煩惱的良方：「對於一切最複雜而又難解的問題，生命並無答案，唯一的答案就是：人必須在日常的需要當中過生活，亦即是忘記自己。」所謂閒愁最苦，萬般的煩惱皆因為把

自己看得太重要，把所有的注意力投射在自己身上。唯一的出路就是把精神轉向身外的事情。

因此我非常願意為了一日三餐而費煞思量，運籌帷幄於菜市場之中。我想起了四十六年前在香港的一個下雨天。

雨嘩啦啦嘩啦啦傾盆瀉下，出奇地響亮愉快。兩天來的酷熱都在剎那間被沖走得一乾二淨。即使打着雨傘，勁風依然將雨花點子吹送到臉上手上，只覺得一陣陣清涼，在皮膚上微型爆發如同煙花。街市裏所有的人都受到了雨聲的感染，提高了喉嚨，興高采烈地討價還價。我和老婆在雨中走着，一邊商量中午的菜式，來到了一處肉食檔。

「行家，我要半斤靚豬膶。」穿綠衣的少婦指着那一塊塊掛着的鮮肉，透過晶瑩的雨簾，愈顯得紅噴噴，白花花，叫人看到了精神為之一振。

「行家，有金釘嗎？」少婦又問。

「什麼金釘？」賣魚的反問。

「金釘魚你們沒有得賣？金釘，有鬚的，像伯父。」

聽的人都笑了。

我和老婆決定了要煮羅宋湯，在買了牛腩和牛孖筋之後再去菜攤子。老婆檢了一些馬鈴薯番茄洋蔥椰菜胡蘿蔔。小販說：「一共十二元。」老婆問菜販番茄洋蔥等物每樣分開來算多少；我當時覺得老婆太瑣碎，誰知道菜販卻清清楚楚地一樣樣報上價來：「洋蔥，兩個八；椰菜，四蚊……」我開始認同老婆的不含糊，於是我打着雨傘，她拎着菜籃，一起在雨中踏上歸途。

我喜歡街市，因為那是一個井井有條的所在，天地萬物排列有序，明碼實價。菜的鮮綠和魚的鮮活，叫人心思寧靜。更重要的是，在街市我不會花時間去思考一些沒有答案的問題：生命到底是為了什麼？人死後又何去何從？在街市，我可以和其他的人打成一片，理直氣壯地去解決那最基本的一日三餐：今天晚上吃什麼？而這問題永遠有明確的答案：清蒸魚雲、蝦仁炒蛋，又或者是，溏心皮蛋蒜茸麻油拌豆腐，撒上芫茜，盛在有田燒的白瓷蓋碗裏面。

羅宋湯

關於羅宋湯的最早記憶，還得追溯至三四十年前的中學時代。華仁飯堂裏的碟頭飯吃得乏味了，又嫌要排隊輪候，便情願和幾個較要好的同學一起前往附近的ABC。那裏的午餐分常餐和全餐兩種。全餐比較貴，多了湯後的一塊玉米炸魚；常餐有湯有飯有奶茶，喝湯有牛油餐包，一般就是羅宋湯或忌廉雞湯。通常我選羅宋湯，因它酸酸的十分醒胃。湯的印象漸趨模糊，只記得淺碟子裏的一片橙紅色，浮着油星，沉着雜菜，也許還有一兩塊肉在其間。

記得在香港的時候，煲牛腩湯用西紅柿、捲心菜、洋山芋、胡蘿蔔的一大堆，熗得鮮而又酸，往往又不求甚解含糊其詞地稱之曰羅宋湯。如今在紐約，偶然也會徵詢老伴：「周末來個羅宋湯，何如？」卻不用牛腩，改用牛尾。因為這裏的牛腩不知怎的無情無緒，只有那點膻味叫人認得，其餘只像橡皮，即使炆脸了也還是脸的橡皮。哪裏像香港的牛腩，煮成的那口湯清鮮無比。改用牛尾，效果果然優勝得多了，卻依然沿舊叫它羅宋湯，只是叫得有點心神恍惚，不太能確定是否名正言順。

老伴說她從前在香港的西餐店車厘哥夫喝過羅宋湯，卻沒有雜菜沒有肉，橙紅的一碟子清湯，頗酸；問湯上面有沒有加酸奶油，她說並沒有。

• 探尋真味羅宋湯

然而這些都是三四十年前的舊事，追憶逝水年華，卻不帶一絲懷舊情緒，純是以一己的經驗出發，務求把羅宋湯的真味探個究竟。離港日久，為了了解羅宋湯在港的近況，唯有借助黃仁逵的散文集《放風》裏面的一篇〈羅宋裂痕〉。

文中的湯瑪士馮在小西餐館喝羅宋湯，只喝得連聲感嘆：「這年頭，西餐館子愈來愈不考究。」裏面的餐巾是紙餐巾，還有兩隻金頭蒼蠅在黃油餐包上繞來繞去，而且湯盤子還有一條裂痕：「盤子邊上黑褐色筆直的一條裂痕，從扭麻花盤邊上直裂到紅稠稠的湯底，讓一片包心菜蓋住了。」這裏的包心菜，即是捲心菜，亦即廣東人說的椰菜，是羅宋湯常用的材料之一。

只有那「紅稠稠的湯底」和我當年在ABC喝的有點相似。可是湯瑪士馮發話了：「這幫混飯吃不長進的東西，燒羅宋湯居然連罐裝西紅柿醬也用上了，真的朽木不可雕。」跟着又來一陣今不如昔的感嘆。

感嘆的也不只是他一個。遠在半世紀以前，他的同宗黃宗江也寫過一篇〈羅宋菜湯〉，說的是當年上海飯店的事情，一開始便追憶繁華：「一股子菜湯香——是當年聖彼德堡味兒的嗎？只因為他在小飯館吃飯，碰巧他對面坐了個羅宋伯爵：「只要了一盆羅宋湯，從口袋裏掏出塊硬邦邦麵包，把它浸在一杯冷水裏泡了吃。我奇怪他為什麼不把它浸在湯裏，想是怕損了湯味。他把一盆湯喝得乾乾淨淨，連同那塊牛肉、洋白菜、洋山芋，以及代替番茄的胡蘿蔔。用手抹了抹鬍子，翻起外套上的領子，慢慢地走出去了。」

文中提到的洋白菜，想即是捲心菜。奇怪的是沒有提及甜菜（beet）。只恐怕是即使在當年，這道羅宋湯一旦離了本家，遷移上海，也變得形迹可疑；落難於上海的俄國王孫喝在口中更為缺乏鮮華，也就順理成章地追憶起革命之前的聖彼德堡了。

• 兩地相思

問父親，他說他當年在上海開的麗都樓上，就住了一家俄國人，兩老夫妻和兩個成年的兒子。經常有親戚上門，喝酒作樂，喝醉了便打架。後來兩個兒子回歸祖國去了，卻來信說苦不堪言，洗澡連肥皂也沒有一塊。留在上海的末路王孫只得繼續借酒消愁，喝醉了便鬍子邋遢地倒在馬路邊睡覺，連巡捕也懶得理會。上海人只管叫他們做羅宋癟三，又哪會想到他們也曾有過繁華的歲月。

羅宋湯英文稱 borscht，這是最常見的寫法，也有寫成 borsch、bortsch，甚至是 borsht，只因為英文也只是斯拉夫文的音譯而已，而原文是甜菜（beet）的意思，甜菜正好是羅宋湯的主要材料之一。嚴格來說，borscht 該譯成甜菜濃湯，因為羅宋湯其實該是統指俄國湯，而俄國湯的種類繁多，除了雜菜肉湯之外，還有純雜菜湯（不含肉類），水果湯、啤酒湯，各式肉湯和蛋湯等。但這裏也只好隨俗。

• 斧頭石頭羅宋湯

羅宋湯源自烏克蘭，因為烏克蘭西部盛產甜菜。正宗的羅宋湯上桌之前要在湯上加一團酸奶油。但切忌將酸奶油放在鍋中與湯共煮，只可用作澆頭。至於其他做湯的材料則因時因地而異。

烏克蘭中部喜歡在羅宋湯中加大量捲心菜，莫斯科則用胡蘿蔔、洋山芋、西紅柿、捲心菜、洋蔥、蒜頭，當然還有甜菜，做成之湯作深紅色。敖德薩的羅宋湯加青辣椒，西紅柿（即番茄）也用得特別重。至於配的肉類，可以是豬肉、牛肉、鵝肉，甚至是火腿、煙肉、香腸等。也有素羅宋湯，只用雜菜，但是加雞蛋在內。俄國人和天主教徒一樣，視蛋為素菜。

羅宋湯除了加酸奶油之外，上桌時還可以撒適量的酸鹽調味。酸鹽（sour salt）即檸檬酸結晶體，是猶太人用的一種調味品。不用酸鹽，可用檸檬汁代替。喝羅宋湯可以配蒜頭麵包卷或芝士撻。想來當年ABC的牛油餐包，只是滑稽的代替品而已。

不過話說回頭，即使是正宗的俄國食譜中亦申明，各式俄國菜湯肉湯，大可以隨意增減配搭材料，並無鐵打的成規。俄國民間故事〈斧頭湯〉可以作為佐證。話說有退伍兵士流浪至一村中，飢寒交迫，收留他的老婦卻說無食物可以款待。退伍兵士於是說：「我可以利用你廚房角落的那把斧頭做成美味鮮湯。」老婦將信將疑，也就讓兵士一試。斧頭湯煮了一陣，兵士說：「差不多了，但若果能加點洋蔥便更好了。」老婦不知是計，便拿出了洋蔥，自露破綻。兵士神色自若地把老婦的番茄、蒜頭、甜菜、牛肉一樣樣哄到手，放入湯，終於熬成了美味神奇的斧頭湯了。

這個「斧頭湯」，後來又演變成「石頭湯」和「骨鈕羅宋湯」等大同小異的故事。反正羅宋湯可以因時因地，雜七雜八，隨機應變而成。

如此看來，從前ABC和車厘哥夫的橙紅酸湯，家中煮過的牛腩、牛尾湯，還有湯瑪士馮喝的裂盤湯，沒落俄國王孫喝的上海湯，都統統可以權充羅宋湯，解相思。

而我們喝着那身份未明的湯，照樣害錯相思表錯隔離情，也就無可厚非了。

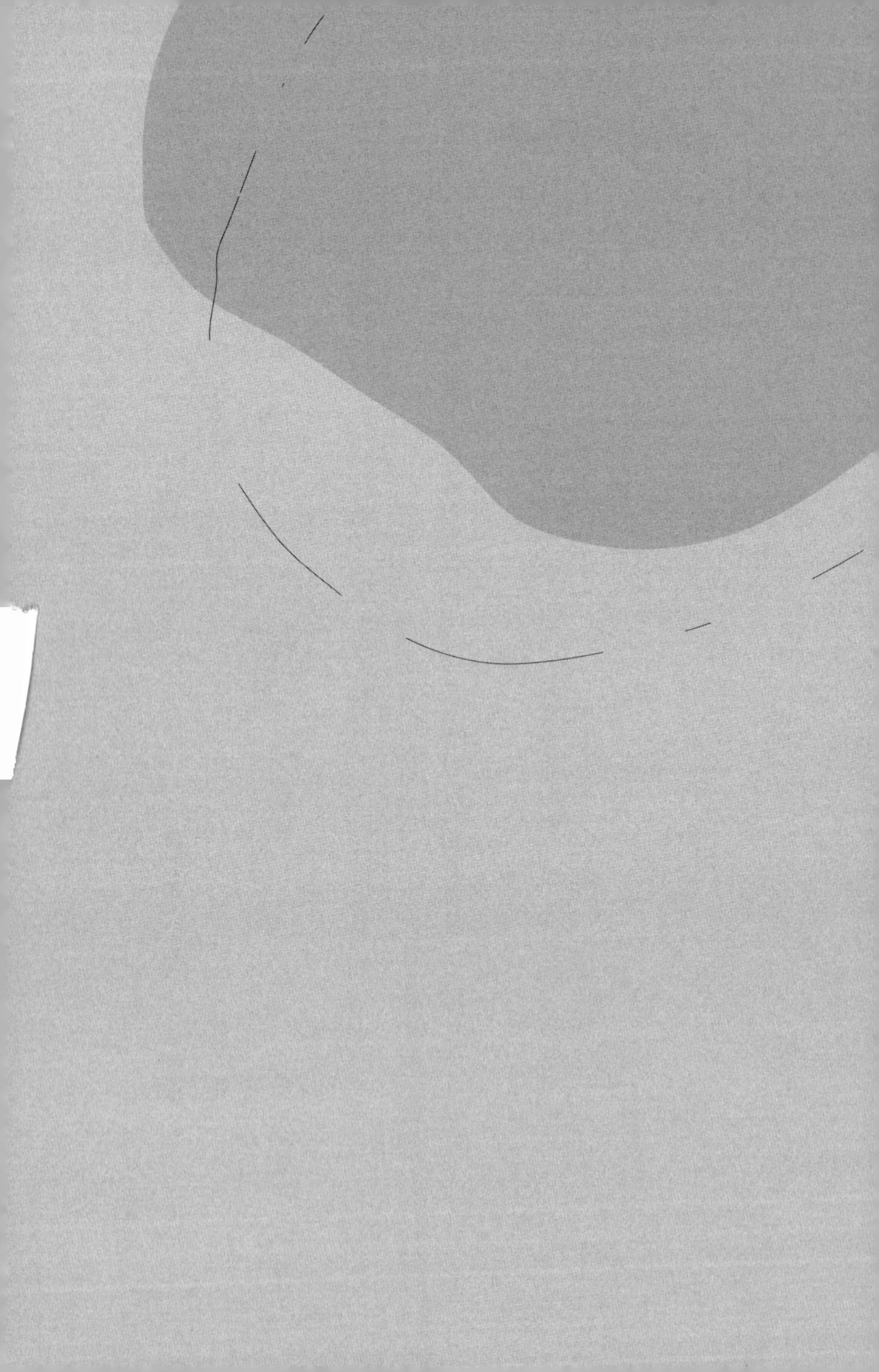

第二輯
紐約

◎ 後院的桃樹

小李今年四十歲，剛從香港攜妻兒移民來到紐約，已經四、五個月了，還是不習慣，不喜歡。不習慣，時間長久了，終歸會變得習慣；不喜歡的事情卻並非時間可以改變得了的。不過話也難說得那麼分明，因為有時候所謂不喜歡，只是因為不習慣。習慣了之後引以為常，喜歡不喜歡倒反成了次要的問題。

反正理性的分析，都流於抽象，對人生的抉擇上頭其實沒有幫助。照我的意思，移民這種事，有如動大手術，可以不做就不做。如果在原地活得好好的，過得去了，就不必移民，反正到處楊梅一樣花，燕子變不了烏鴉。

朋友追問小李，到底不喜歡紐約的什麼，不如具體舉例說明。那小李就說，這裏生活缺乏色彩。色彩不色彩，是十分主觀的感受。我記得自己初來紐約，看見了這裏的書店和博物館，非常高興；看見了曼赫頓大酒店和小飯店的帆布條紋遮篷，很覺新鮮有趣，當然還有那滿天迴旋飛翔的鴿子。

朋友再追問：還有呢？小李想了一想，只得回道：「這裏的雞不好吃。」朋友的火忽然之間就來了：「那我們這起全部從香港移民紐約，吃了這麼多年的紐約雞，又算是什麼呢？」話可以分開來說。小李可能真的認為紐約的雞乏味有如橡皮，大大地影響了他的家常飲食情趣。那朋友可以向他詳細解釋，如要在紐約吃新鮮美味的走地雞，門路也很多，如法拉盛的雞欄、曼赫頓的美食精品店，甚或上網訂購。而且聽說如今即使在香港吃上好的豬扒，也要閒閒地上千港幣才得那麼兩三塊。時勢如此，也沒有什麼好怨的。好好地在這裏幹三五年，他日站穩了腳，不愁沒有好吃的。

不過也有可能是小李壓根兒就認為紐約完全不是他想像中的樣子，不中他的意。紐約雞不好吃不外是他隨嘴說出來的例子。他不過是藉「雞不好吃」去暗裏全盤否定「移民紐約」這一決定，那才是朋友有火的原因。這也就很難勸他莫走回頭路了。但還有另一個可能性更叫人頭痛，而且是完全勸不了的，那就是前面兩個可能性的組合：小李是真不喜歡紐約，又真的覺得紐約的雞不好吃。兩者緊密結合如同一個硬幣的兩面，前後映照。那就只好打道回府了。

莫道區區一隻雞，何足道哉，有道是一子錯，滿盤皆落索。好好的一碗艇仔粥，魚片鮮，粥底綿密，卻因為吃着了一顆炒焦了的花生而頓時敗了興。想當初我來紐約，也曾亂了陣腳，只記得自來水清甜，全無沉澱，這才幫助我作出了決定留下來。

我們也曾百思不得其解：這女孩既不漂亮又不聰明，脾氣又壞，但那男子對她卻迷戀而不能自拔。到底他看上了這女孩子哪一點了？你去問他，他也說不上來，說不定是她曾經對他顯露的一個溫柔的眼神，又或者是微風吹過她頭髮之際她伸手撥髮的一個姿態。

有人選妻，條件定得清清楚楚，連體重若干都有規定。但這樣和選一件家具有什麼分別呢？能夠對戀愛採取理智態度的人根本就不會戀愛。曾經有研究但丁的英國學者來香港大學當講師。有人問他：「是什麼叫你在香港一住就是十年？」他回道：「只要你看見香港秋天的藍天白雲，就會明白了。」幫助我們作出人生之中的大決定的，往往是微不足道的細節，而且只在我們的潛意識之中，一旦弄明白了之後會叫我們大吃一驚。

在法國長篇小說《追憶逝水年華》裏面，艾拔錮一天走進馬素的房中，看見了他，忽然之間對他產生了新的柔情蜜意。作者普魯斯特悄悄告訴了讀者那天早上馬素剛剛剃了鬍子，而艾拔錮偏愛光滑的皮膚。換言之，在這一刻，使艾拔錮對馬素產生情愫的，並非他的溫文爾雅，博學多才，而只是他光滑的面頰。愛情的神秘與不可捉摸原來如此。如果有人問我是什麼使我留在紐約二十年，我也說不上來；或許是後院的那棵桃樹吧。春日裏一下子開滿了桃花，連陽光也成了透明的粉紅色。然後在夏天，結滿了大小如同雞蛋的桃子，入口清甜。

說說黃花魚

長遠沒有吃過黃花魚了，只因為人在紐約，吃不到新鮮的，索性不吃。急凍的大黃花魚這裏的超級市場有得賣，只是看上去硬繃繃的無色無臭，冷冰冰的無情無緒，無論如何提不起勁去一試。又曾在韓國店看見鹽醃黃魚，買回去煮黃魚豆腐湯，效果強差人意，還有一股腥味。這個周末和老伴上法拉盛飲茶，事後在一家超級市場看見了晶瑩金黃的小黃魚，長約半呎，側臉看去嘴角長長地往下掛着，苦哈哈的有一種滑稽的意味，彷彿很不高興越過千山萬水竟來到了這樣的一個不毛之地。這就引起了我的興趣，一問之下，說是中國空運而至，只此一家，售價不菲；我立即選購三尾，回去把這水中尤物用蒜頭豆腐一同煎香了上碟，果然是魅力沒法擋；肉質軟糯，味道清鮮，叫人食慾大振。下回可以用來煮黃魚湯，裏面加切碎了的雪裏蕻。就可惜太小，做不了松鼠黃魚。

《清稗類鈔》裏面另有多種黃花魚的煮法：「黃魚或醋摟，或酒蒸，或油炒，以之入饌，閩人皆呼之曰瓜。而濱海之地，終年皆有之。家常日食普通之法，為煎黃魚，切小塊，醬油浸一小時，瀝乾入鍋煎之，使兩面黃，加豆豉一杯，甜酒一碗，醬油一小杯同滾，候滷乾色紅，加糖及瓜薑收起，則沉浸濃郁矣。」如此濃味，似宜佐粥，也只能用大黃花魚才做得了。書中又說：「黃花魚，一名黃魚，每歲三月初，自天津運至京師，崇文門稅局必先進御，然後市中始得售賣。都人呼為黃花魚，即石首魚也。當蘆漢鐵路未通時，至速須翌日可達。酒樓得之，居為奇貨，居民飫之，視為奇鮮。」那是因為交通不便而引致黃魚售價奇昂，成了珍品；其實從前在香港吃黃魚很普通，不過是家常風味小菜式。不過如今黃魚經不起長年累月的追捕，產量急速下降，售價急速上升，聞說一條三斤的大黃花魚在內地閒閒地過千。濫捕和污染使野生黃花魚的產量差不多降至零，更有奸商把其他石首魚染成黃色冒充。

如今成長的野生大黃花魚難得一見了，叫人不期然想起了張愛玲小說《十八春》裏面的黃魚。話說許家太太從菜市場拎回來一條黃魚。許先生回來了急不及待把魚中間的一截切下自己做了一碗黃魚羹麵先吃了。許太太依舊把剩下的一個魚頭和一條魚尾巴湊在一起，擺出一條完整的魚的模樣，擱在砧板上，打算照原定的計劃炸了來吃。許家少爺回來看見了便說：「這條魚怎麼頭這麼大？」許先生答嘴：「這魚矮。」許太太忍不住笑了出來。《十八春》的這一段小插曲叫人看到從前男性在家中表現出來的霸道和自我中心，也可以看到主婦的適應能力高，順勢一魚兩吃，丈夫的自私並沒有破壞她的原先計劃。但這尾黃魚也得有相當的個頭，不然去掉了肚擋還怎麼可以做成炸魚？

末代皇帝溥儀的弟婦愛新覺羅．浩在《食在宮廷》裏面提到的頭一樣菜就是松鼠黃魚，並且說：「松鼠黃魚是十分名貴的，其製法也傳入宮廷中。魚去鱗掏去內臟，洗淨後用刀從魚咽部划至腹部、尾部，在魚身上剞約一點五厘米寬、深六毫米的花刀，剞完後抖起魚身，使其呈松鼠形。」這裏解釋了「松鼠」的來由。魚身掛勻澱粉糊之後用油炸至挺而香脆。

黃魚是石首魚的一種，頭部有「二石如玉」，其實是半透明的白石子，大小有如黃豆，稱「耳石」，是一種接收海洋音波的器官，相當於耳朵的作用。傳說宋帝昺逃走至海門外的蓮花峰下，看見黃沙遍地，便順手撒向海中，為黃魚吞嚥，走至頭部。從此黃魚的後代頭中皆有二石云云。《兒童樂園》的方伯曾把這傳說改編，並配上插圖。方伯就是羅冠樵。

◌ 夏日市場

即使我活上一百歲，遊遍了世界現存的各大奇蹟，也不會習慣紐約天氣的奇異。數年前的一個夏天，酷熱無比，熱得連家中的電熱水爐都爆裂了；案頭玻璃瓶中本來脆甜的澳洲糖薑也熱得疲軟乏力。可是去年的暑假一開始便清涼如水，叫人愉快之餘卻又怔忡不安，懷疑不是真的。今年八月熱浪漸退，每天的天氣是「兩頭凍，中間熱」：白天外出揮汗如雨，晚上睡覺薄被蓋胸。星期四和曉恩遊 Chelsea Market，路過紐約公立圖書館的廣場，竟見落葉處處。我倆頭頂冒汗，腳踏黃葉，行行重行行，只覺這天氣顛倒錯亂得如同超現實的詩境。

Chelsea Market 位於曼赫頓下城的西邊，是一座橫跨第十五、第十六街的紅磚大廈，原是製造餅乾的工廠，現改為食肆商場，屢次亮相電視節目，成了旅遊景點。我雖長住紐約，卻還是首次以遊客的心態前往觀光。這 Chelsea Market 果然是別具心腸，另樹一幟，和紐約其他的食品店大不相同。Dean & DeLuca 和 Trader Joe's 都以敞亮光潔取勝，吸引顧客，這 Chelsea Market 一踏進去只見黑漆地板紅牆壁，昏黃的燈光，陰涼的冷氣。裏面的遊客行人雖然很多，都不怎麼吵鬧，恍恍惚惚地走進了另一個時空。有些地方還帶點破落殘舊，那氣味倒像是英國小鎮的老建築物。偌大的一個地方，廁所只有一個，不分性別，男女共排一條長龍；曉恩和我都懶得去加入行列湊熱鬧，只顧去看食品店。

那香料店的香料和茶葉，都只是放在盆子裏坦然自若，頗有路邊小攤子的風味，黃的黃，綠的綠；看的人都很規矩，不亂摸亂嗅。到處取景拍照的遊客倒多的是；我也不甘示弱地拍了一通，不經不覺來到了一處蔬果店，竟也看着了平日難得一見的水果，像 Pepino Melon 和 Quenepa。這原產西班牙的Quenepa果子，長得圓圓小小的，驟看似一串葡萄，剝開綠皮，晶瑩橙黃的果肉滿滿地溢出，帶點誘惑性。那新鮮的橄欖也翠綠可愛。我正拍照拍得起勁，卻聽得耳邊有聲音：「No pictures; no pictures.」我知道是店中的工作人員在干涉，只得停拍。誰想又聽得一句：「If you want to take pictures, go back to your own country.」我立即衝口而出：「This is my country; it so happens that this is also my planet.」我這才掉頭望去，只見一白髮花甲洋漢，打量他大約是來自東歐那一路的移民；曉恩說聽他的口音似是波蘭。我自覺眼神充足，又瞪了他一眼，方才消了氣。我今天要和曉恩暢遊暢遊，無論如何不能因這不是個東西的東西而敗興。

一看時鐘，已過中午，便和曉恩去Lobster Place吃午飯。那裏有新鮮活蠔，現剝現吃，品種有Mystic和Flying Point等，我卻不敢一試。也有很多人捧着一隻隻紅通通的龍蝦，配有檸檬和牛油，那牛油亮晶晶的而且確是clarified butter。（那日本女孩好意讓我把她的龍蝦拍攝一照。）但我覺得在這種擠迫的地方吃龍蝦弄得滿手油腥犯不着，因此只叫了個龍蝦卷和新英倫周打湯；曉恩要了個炸魚薯條和礦泉水，都是不用吐骨剝殼的方便食品，而且吃起來味道還不錯。

曉恩和我又去看了幾處，包括賣仙人掌和賣藤籃子的，也有賣懷舊品牌玩具和巧克力的。曉恩買了兩盒曲奇和一隻 Rosemary 麵包給她媽媽。我們在離開之前，看見有巨大的石椅子，覺得有趣，便坐他一坐，順便休息。椅上還有個孤單的黑衣婦人在吃雪糕，和我搭訕。問我可喜歡歌劇，說林肯中心廣場有免費歌劇看，不過並非真人演出，而是高清大電視。我謝了她，在和曉恩離開之前偷偷把她攝入鏡頭。

∽唐人街風情畫

今天是七月十日星期三，放暑假的第十四天。後院的梨樹和前院的無花果皆綠葉滿枝，儼然盛夏風情。果然這天氣熱得叫人昏頭轉向，但還是一早拉了老伴齊上唐人街，免得她又睡懶覺；她那樣子就像加菲貓：睡得倦了，起來休息一陣子，再睡。

要做的事情列出了清單：退一個郵包；去麒麟金閣喝茶；然後老伴上理髮店洗頭，我去東方書局；事後再會合，一同去買一點雜物，包括老鼠藥。（半夜上洗手間，忽然眼角捕捉到在地板急速而過的小黑影，作波浪形，悄然無聲：再也錯不了。家中不見此物的蹤影久矣。）坐的是地鐵。地鐵擠迫我長年累月上班的早已習慣；叫我苦惱的純是視覺方面的折騰。這些年來我漸漸發覺地鐵上男生的屁股愈來愈沒有，簡直像是給削掉了，偏偏又喜歡把牛仔褲穿得快要掉下來；女士的屁股卻愈來愈繁華，在大熱天一個個公然穿得袒胸露背的；只可以奉告尊貴的讀者諸君：眼睛吃的無論如何不是冰淇淋。

下車頭一件事是找UPS站；我早在網上找到了一個地址，誰知走了半天還沒有到達，倒是老伴眼尖，看到路邊的一部UPS郵車。我一個箭步上前交給車上一名看似中東人士的工作員。他欣然接收這郵包，我立時鬆了口氣，心想這是一個好的開始。

在麒麟金閣喝茶很寫意：地方光亮，冷氣充足；點心倒是馬馬虎虎。廚房小菜比較像樣：鹽燒桂魚扒、南乳吊燒雞。從前我請康州小朋友在這兒吃過乾瑤柱炒麵，有小車推出來在你面前炒；瑤柱、韮黃、銀芽，一樣樣的放入小砂鍋中炒，一邊加糖加醬油，很有風味似的。反正唐人街喝茶就只有數它了。聞說李安也喜歡這裏，帽子壓得低低的面壁而坐，悄悄地吃桂花涼糕，生怕給認了出來。很多老外也來，有拖男帶女的，也有獨自一人的，都很在行，筷子運用靈活自如，吃蝦餃點芥辣，食腸粉要多啲豉油。值得一讚的是那兒男廁的乾手機，力度強勁，二十秒便把一雙手吹得乾爽俐落。我和老伴叫了碟紅燜斑腩飯，飯是蛋炒飯。那菊普味道不對，改要了新奇士加冰。兩人吃吃談談，我說：「往後的日子就我和你過了。」言猶在耳，誰想她就把我丟下去會所搓麻將了。

喝茶之後老伴去洗頭，我上書局，然後會合去找老鼠藥，跑了三四家都買不着我要的那一種；天熱路擠，老伴不耐煩，獨自耍樂去了。我一個人流落唐人街街頭，終於下定決心獨自去大眾電器把要買的買到手，還找到了設計靈巧的鎖匙扣。又一鼓作氣前往小意大利的 Di Palo's 買 Parma 火腿，買了六塊，合共美金一百元。Di Palo's 是家庭生意，幾兄弟加一個妹妹。那幾兄弟對妹妹很兇，對她說話都是命令式的。這些年來看着她由活潑變得較為沉默。還是戴着鑽石耳環，不知怎的臉上起了紅斑。記得從前買陳年 balsamic vinegar，她還很高興地把醋滴在銀匙的背面給我試味，和我聊天。現在看上去有點疲倦了。

我獨自挽着三個沉重的貨物袋，抖擻精神再往永旺買客水餃，順便上那兒的廁所。老伴也不知何時回家。這水餃就是我的晚飯了。

◇吃魚

香港的大妹妹來長途電話和我閒話家常，教我煮菜。其中一樣是哈密瓜皮、龍脷葉、西施骨煲湯，內加三兩個無花果。另一樣是蘿蔔絲鯽魚湯。這蘿蔔絲鯽魚湯以前在香港的時候是經常在麒麟閣點的一道菜。湯熱騰騰的端上桌子，裏面有煮得半透明的蘿蔔絲，吃時撒點胡椒粉。似乎是最方便不過的一回事，坐下來一張口便成。同席的亦舒卻說：「知否要做成功一道蘿蔔絲鯽魚湯是多麼的複雜？」現在回想，方才體會其間的錯綜複雜，曲折離奇；天時地利人和，缺一不可。可不是，這裏紐約的上海館子簡直沒有像樣的，要吃這湯，只剩一途：親自出馬。

且說這一天路經法拉盛的新世界超級市場，進去一看海鮮部，魚類繁多，頗為像樣。先是買了一條手掌大的鯛魚，又買了點金槍魚。又看見了巨大的無頭龍躉，也要了兩磅半。買得興起，問這龍躉的龍頭如今何在。夥計說聲有，便從後面捧出了一條長達三呎的巨魚，果然有個烏黑油亮的大圓頭，瞪眼翻唇，一臉的揶揄。說時遲，那時快，但見夥計手起刀落，整個魚頭便和身體分家，在砧板上往來滾動。上磅一秤，足有六磅。只得拍心口購下，並囑咐夥計把頭斬件。只聽得一連串的砰砰砰，轉眼之間龍頭化整為零。我手中提着大包小包的魚肉魚骨，還有那個沉甸甸的魚頭，在人群中走着，有異樣的感覺，彷彿是提着個隱蔽的燈籠；心眼中不禁浮現出但丁《神曲》裏面那個拎着自己的首級在地獄奔走的亡靈。也不知道為何有這樣的聯想，這魚頭又並非就是我的頭。不過細細想來，天地萬物一線牽；我們吃來吃去，到頭來吃的無非都是自己。今天我吃魚，明天魚吃我。我來到這天地間走一遭，不過是買空賣空，打個平手。

於是我無動於衷地觀望殺魚，毫無虛偽的惻隱之心，反覺興奮有趣。

夥計把魚用網撈起，往砧板上拋去。魚龍離水失所依，只顧倉皇地在板上打挺，啪啦啪啦，彷彿在表演熱鬧非凡的雜技。夥計用熟極而流的動作把木槌子在魚頭上一敲，那失了魂魄的魚立即動彈不得，任由宰殺。魚鱗飛射，涼血流瀉，一下子就幻化為碟上鮮味，腹中脂膏。從前在香港有聽過女傭阿嫂說吃魚吃着了化骨龍的故事。預防的方法是把那條倒霉蛋生魚活生生地往石地板使勁地擲去，如是者兩三次。若果是化骨龍的話，會擲出了四條腿。從此以後吃生魚湯總有點陰影，生怕不知不覺之間吃着了寶貝。

《警世通言》裏面有一則吳越錢王的故事。一天有人向錢王上進金色鯉魚一尾，長約三呎有餘，兩目炯炯有光，將來作御膳。錢王見此魚壯健，不忍殺之，令畜之池中。夜裏錢王夢見龍君來謝錢王不殺孺子之恩。原來龍王的兒子乘酒醉變作金色鯉魚，游於江岸，被人捕獲。幸得錢王憐憫，放他一條生路。

魚買了回家，都一樣一樣地分幾天煮來吃了。金槍魚切粒煮成了日本豆麵醬湯。鯽魚果然配蘿蔔絲做成鮮湯。鯽魚洗淨，剪去鰭。用薑塊擦鍋，加入油。待油滾，把鯽魚放入兩面煎成金黃，灒酒，加入開水和預先切好的蘿蔔絲，大火煮十來分鐘，便成奶白鮮湯。鯽魚撈出上碟，澆點橄欖油和檸檬汁，又算是一樣菜。魚頭洗淨，用鹽醃一過，再用水清洗。用薑蔥蒜頭爆香，加紹酒薏仁醬油，配炸豆腐大火煮十多分鐘之後熄火焗之。

這樣長年累月的吃魚，也不知道有沒有吃着了龍王之子。也只好由他去了。

牛角包和洗手間

自從老伴小中風之後，簡直就是一隻加菲貓：整天不是呆坐在沙發上曬太陽，便是賴在牀上睡大覺，睡得倦了，起來休息一會兒，再睡，睡得臉孔紅通通的，比玫瑰還要明艷。我看不是辦法，便死拉活拖把她趕離牀鋪，無論如何要她走動走動，略為疏散。主要的問題是她做人沒有了原動力。從前她把整個的生命力全盤灌注在四方城頭，一門心事在其間游乾水；如今她是魚龍離水失所依，我只有千方百計給她活動的題目，例如說，叫她洗碗，又或者晾乾的衣服要她摺疊整齊。其實她的手部操作還算靈活，愈多做事只有愈好。腳雖然比較弱，但是依然能夠運用。壞就壞在她沒有了走路的動機；唯一能牽引她出外的方法是吃，和她一道上茶樓吃點心，又或者是去餐廳吃晚飯。在家慵慵悶悶大半天，說一聲出外吃飯，她立即自己換衣服穿鞋襪。出入自是電召計程汽車。吃罷兩菜一湯的套餐，她說要去洗頭。我趁她在美容店之際替她去買走糖咖啡和白肉火龍果。回家之後她洗澡擦背，換上乾淨的衣服看電視，整個人登時容光煥發起來，連眼睛也有了神采。我問着她電視劇情的來龍去脈，她果然對答如流，絲毫不爽。

整件事情的唯一漏洞是計程汽車，因為剝奪了老伴運動雙腿的大好機會。業精於勤而荒於嬉，要趁着還能走路的時候多走路；再不走往後只有愈來愈舉步維艱。於是在星期六早上和老伴相約出外喝茶之際，我聲明要改坐地鐵。她答應了。往日我獨自上班從家門走到地鐵站，需時十五分鐘。這一次我扶持着老伴作其冬日清晨儷人行，卻足足行走了一整個小時。雖說一路上陽光明媚，還是走得老伴喊苦連天，大叫上當。一忽兒說要改坐計程汽車，一下子又說不如打道回府，這要命的早茶不喝也就罷了。我默然硬着心腸要她把這一程路走畢，沒有告訴她我自己憋着的一泡尿早已蓄勢待發，忍無可忍。幸好路邊有家快餐店，連忙走進去取其一舉兩得之便：老伴透氣我放水，得其所哉兩相宜。這是一家哥倫比亞式的快餐店，剛走進去便聞得一股石榴醬酥餅的香味。我正要進洗手間，那黃衣黑褲，來自加勒比群島的美女連忙把我這海棠葉的不速之客叫住：「洗手間只供顧客使用。」我舉目一看，只見食客排成一條長龍；這可不是分明開我的玩笑。正想理論，早有另外一位穿制服的嬌小女孩微笑着向我示意：「不必多說，且快方便。」我解手之後好歹排隊買下一隻沒精打采的過氣牛角包，算是向那位容顏娟好，鐵石心腸的加勒比群島女子作出交代，並且還不忘向她道謝；難保他日不會還有碰頭的機會。

在人生的路途上總會遇到千姿百態的眾生相。在小小的一家快餐店裏面，竟然也同時出現了難當的小鬼和善良的天使，教人覺得彷彿置身於奇妙的童話世界，生命因此而更為熱鬧有趣了。上地鐵站的樓梯之際，也有年輕人仗義出手扶助老伴。老伴在車廂的椅子上坐下的時候，我瞥見她旁邊的一位男士悄然而急速地畫了一個天主教的十字聖號。我一下子未能弄清此舉的動機和含義，卻願意相信那是萍水相逢靈光一閃的善意。車廂的另外一邊坐着一名碩大無朋的東方女子，一個人佔了三個座位。我示意叫她讓一讓給我坐下；她喉嚨裏咕嚕一陣，又向我瞪眼。一下子伸頸展腿透大氣，一下子又拿出一面小鏡子照看她自己的尊容，整理帽子和圍巾。我心想：「這樣的一個人，她是多麼的愛她自己。」難道她不知道，即使像她這樣一副自珍自重的龐大身軀也有它的大限，而我們一切自私自利的打算最終也是徒然。人生在世唯一值得一做的不外是使別人的日子更加好過而已。

綠豆糭子的故事

大導演希治閣接受法國新浪潮導演杜魯福訪問之際，論及他自己的電影《美人計》（*Notorious*，一九四六年）裏面的一個馬拉松式的長吻，靈感來自他一次乘火車沿途所見的奇景：「我正乘火車從布洛涅前往巴黎，火車正緩慢地經過艾特普勒小鎮。那是一個星期日的下午。正當我們穿過一座巨大的紅磚工廠，我看到一雙年輕情侶面牆而立。那男的對牆射尿，女的一直牽着他的手臂不放。她一下子看那男的解手過程，一下子又放眼看四周，但目光始終回轉到男的身上。我覺得這是真愛的表現。」

沒想到這樣的事情竟然發生在我的身上。老伴一天忽發奇想，要吃廣東綠豆糭子。她說唐人街的一家茶餐廳有得賣，每天都有新鮮煮得滾燙冒煙的。我無奈只得和她結伴坐小巴前往。出門前照例上一上廁所，不為別的，只因為自己有尿頻的毛病。是父親的遺傳。通常一程小巴往唐人街約一小時，可以忍得住捱得過。小巴走了半途塞車，分明是前面發生了交通意外；塞了大半天，司機決定繞道布碌侖，誰知還是不得要領。我是早已經急得直冒冷汗，簡直如受酷刑。一生人還是第一次身受這麼大的苦楚。忍無可忍，重新再忍；簡直看不見盡頭，那一段時間像是永恆，一切都停頓下來了，彷彿在黑暗中有一雙綠色發光的貓眼在冷冷地凝視着我，就是這樣地凝視着，時間和空間既不前進也不後移，就僵住在那裏，掙脫不了的困境。

車還是塞在那裏不動。我當下就決定和老伴下車，站立在布碌侖的一處街頭。那是比較偏僻的一片泥沙荒地，有鐵絲網圍着。我連想也不用想，立即就地正法；想當時沙地上的小生物盡皆驚惶遁逃。老伴在一旁負責睇水。完事之後和老伴施施然離去。照老伴的說法，當時並無行人經過，不過我記得路邊是有稀疏的三兩行人。哪裏還管他，有警察都係咁話。事急馬行田，過海是神仙。總算過了關。事情發生了就是發生了，我毫不羞愧後悔。套用阿Q的說法：人生天地之間，有時候未免要當街解決的。

後來我看了一些紐約曼赫頓的小解指南冊子，才知道我的經歷並不罕見。和我一般需要當機立斷，就地解決的紐約客原來多的是，而這就得怪紐約這樣一個大城市，竟然沒有什麼公眾廁所，即使有，也是不像個樣；往往成為流浪漢的棲身之處，大遭破壞；又或者成為非法性行為的場所，更甚至有解手客遭搶劫，甚至喪命。小冊子有許多奇謀妙方供紐約客當街度難關。通常可以選擇郵箱或消防救火管，在那裏一站，假裝閱報、抽煙，或打電話，最好有個同伴站在一旁遮蓋則個，兼任睇水之責。冬天如果穿了大衣，那更方便了。

我在中學二年級開學的那一天，教國文的長衫佬用滋油淡定的聲音開宗明義地告訴我們一個人閒閒地要忍兩三個小時；他倒不一定是為了藉此禁止我們在上課之時上廁所，反而更像是他老人家的現身說法，彷彿那是人生在世必須具備的適應生存條件之一。

有位紐約客也是急得走投無路，衝入路邊的殯儀館。隨便認了一頭喪事人家，並且在來賓冊上寫下姓名地址，這才能公然上那裏的廁所。兩星期之後，他收到了一張五百元美金的支票。原來死者立下遺囑，所有到場的都可以收到五百元。

8 八角和月桂葉

七月中旬的紐約酷熱無比，幸好自己的精神狀況不俗，於是一個勁兒和老伴雙雙四出辦各種要辦的手續。我和她都沒有駕駛執照，又不想麻煩子女，反正他們忙他們的；因此出入皆計程汽車，倒也舒暢順利。我對老伴說：「你看我乖乖的工作了這麼多年，如今總算不用做老乞丐，能夠經濟獨立，也不用依靠誰。只要不過分，想玩想吃不愁。往後要提醒精神好好過日子，尤其要注意健康，盡量不麻煩任何人，不要成為別人的負擔：這才是最大的福氣。」

辦各種手續算是相當順利，一般工作人員態度良好。當然我這方面也很識時務，廢話不說不問，準備工夫充足，人家問什麼回答什麼，要什麼給什麼；一切順流而行，一二三四搞掂，再見。我每一次都如臨大敵，各式證件分門別類的把個文件夾子塞得厚厚的。寧願什麼都帶去，省得別人失驚無神要東西而沒有，白白多走一趟。正是寧濫毋缺，有備無患。像和老伴申請醫療保險，那人只要看她的護照，連結婚證書也懶得看，只問我的結婚日期；我當然記得：一九六九年十二月六日。哥哥也在同一天結婚。我在香港，他在美國。其實我一直為結婚證書而發愁，因為上面的名字和護照上的名字不一樣，由中到英，一再變化。因此又苦苦搜集其他證件作為佐證，包括領洗紙和學歷證明。我學校的女秘書的經驗是：「我多年來和紐約教育局打交道，發現全看你碰上了誰；同一件事，不同的人有不同的要求，有的嚴，有的鬆；全看運氣。他要什麼給他什麼，不必多問。」我認為她說得有理。

辦這些手續精神多少有點緊張，因此每辦好一樣便給自己一個獎，和老伴去吃一頓。有時去地痞小館吃炸雞腿麵，有時上麒麟金閣喝下午茶，又或者往江南水鄉吃上海菜。不一定就很愉快，有的侍應無禮，有的小菜不好吃。像江南水鄉的小籠包和燻魚都過得去；只是我一時的興致來了，冒險叫了一樣炸脆鱔，結果是一碟子炸得發硬的厚麵粉條似的東西。

如今有時間，可能的話便親自下廚。這裏紐約簡直吃不到好鹹蛋；看《明周》知道香港哪裏有漂亮的皮蛋出售，又哪裏有上好的陳皮，都非常羨慕。這裏簡直沒有像樣的南貨店海味店，像百果蜜糕和河蝦等物，根本不見蹤影；食材方面先就有很大的限制。這一次提起精神做鹹蛋，大展拳腳一番，效果相當不俗。先把鴨蛋三十六隻用米醋浸泡，洗淨，抹去水分，放在通風的地方吹乾，鴨蛋殼變得雪白柔軟。把鴨蛋浸在雙蒸酒之內，再一隻隻取出裹上一層鹽，另用保鮮紙包好。一隻隻放在玻璃缸內，存放在不見太陽的地方。一個月之後做成了黃油鹹蛋，且有酒香。只是太鹹了一點。下一回做便再作調整。這樣做成的鹹蛋成本高工夫多，市面上不可能有得出售。我想以後還可以試做皮蛋。

有時候我又獨自一人去 Union Square 的 Whole Foods Market 買有機食

品。一買就是兩大袋，裏面有檸檬、八角、蔗糖、月桂葉、肉豆蔻、巴西薑等等。那八角美金八元一小瓶，大約只有十多粒。在唐人街超市一元一大包。但品質不一樣。人家的八角個頭大而完整，那香味有一種清鮮氣；我一嗅便決定買了。老伴忽然在大暑天要做梅菜元蹄，我順手拋入三粒八角，頗有畫龍點睛之效。我高興地提着食品離開 Whole Foods Market，路過 Union Square，剛好碰到有人正因齊默爾曼（Zimmerman）事件而示威，高叫「我們就是齊默爾曼」的口號。我匆匆而過，心想那麼漂亮的月桂葉正好做牛尾湯。過兩天天氣涼快一點再去找陶瓷做的肉豆蔻磨。

電話和畫冊

紐約市政府的官僚制度真是個龐大複雜得叫人震驚的羅網。像我這等蟻民為了醫療保險事宜不得不和它打交道，只好硬着頭皮闖進，苦苦掙扎一番，結果也給纏得滿身亂絲，煩惱不堪。一番奔波往還，總算把紅藍醫療保險卡弄到手，卻還要再前往Employee Health Benefits Program作報告，出示紅藍卡，在他們那裏登記，掛了個號，方能正式生效。其實把紅藍卡的影印副本寄去也可以，但他們又聲明只准寄平郵；那麼如果寄失，也苦無證據，費時失事。市政府文書手續上的烏龍差錯也並非新聞，所以還是親身走一次比較放心。我也是上當的次數多了才學乖的。

出發前先和老伴往唐人街的麒麟金閣喝茶吃點心，又叫了個生滾瑤柱龍蝦粥和脆皮香蔥桶子雞，這才掏出手機打電話給那邊 Employee Health Benefits Program 的大爺，打算問清楚所需的正確證件，方才前往，免得在這大暑天又白走一趟，曬成黑炭固然事小，氣死了也是活該。打電話給各市政府部門，永遠是電話錄音伺候，提供的答案永遠不是你所需要的；一定要和人說話，只得在線上苦候。我這一次是下定決心，排除萬難來打這一場電話仗，所以叫下點心美食，邊吃邊打。我把手機放下，吃個松子蛋撻，方才再聽手機，只聽得那邊廂還是叮叮咚咚的等候音樂；遂把手機再度放下，滋油淡定的呷一口龍蝦粥，吃一塊香脆桶子油雞；那邊的錄音又再度重複：「請繼續等候，謝謝你的耐性。」我用菠菜餃點了些芥辣，又叫了一碟豬肉燒賣，一邊又想起了種種偉大的等的故事。美麗的蔣芸就曾經為了讓兒子進名校，坐在校長室門外的長凳上等了三個月（不知道是夏日還是秋天）；校長終於給感動了：「這麼偉大的母親，她的兒子肯定有資格就讀我校。」我這才猛然醒悟，蔣芸打動的到底是血肉之軀，我的對手卻是毫無人性的錄音；我和它鬥的什麼名堂？拍的一聲，手機合上。看官，你知道這電話打了多久？三十五分鐘有奇。雖未能入健力士大全，卻也破了我個人的電話等候紀錄。

我坐計程汽車前往那裏，花了美金十元，正打算給司機兩元小費，他卻不肯要。這般年高德劭的司機在紐約市實屬罕見。上了那兒，一番折騰，事情總算辦好了一半，以後還要再來一次；其間的曲折離奇一下子也很難說得清。反正和市政府打交道是一生一世，沒完沒了的勾當；遂打道回府，這才知道等候多時的和路迪士尼卡通長片《睡公主》巨型畫冊已經寄來。我自是喜之不盡，卻先來個七葉樹香澡，把半日的污氣洗盡，弄得神清氣爽的，方才開箱取書，正襟而坐，細細翻閱。

編書的是Pierre Lambert。這法國人有意思，早就編了一系列和氏卡通畫冊，包括《木偶奇遇記》、《米奇老鼠》、《雪姑七友》和《森林奇遇記》。畫冊的圖片分多類：視覺意念、人物草稿、人物造型示範、背景設計、背景定稿、背景彩繪、賽璐珞等。賽璐珞是畫在透明膠片上的人物動畫，一張張的分別覆在背景彩繪上面，定格拍成菲林，放出來便活起來了。這一冊《睡公主》裏面最珍貴的是插畫大師 Kay Nielsen 畫的視覺意念粉彩圖，是別處看不到的。全書的精華盡在 Eyvind Earle 畫的背景彩繪，那些樹林、宮殿、荒山古堡，細節豐富，明艷華麗，可以再三欣賞。全書最弱的是人物草稿，數量既少，又不精彩。圖片是順着劇情配合的；但是花神、翎神和蒼神在宮殿中大展幻術，變出奶茶曲奇，翎神做生日蛋糕，和弄臣偷酒喝等和飲食有關的場面都沒有收在畫冊裏面，未免叫人失望。三位神仙把自己縮小，在黑夜的樹林中飛行趕路，發出熒光，煞是好看。這場面收在冊子裏了，可惜沒有熒光效果。以 Pierre Lambert 編書的經驗，現代電腦科技的印刷術，和出版社的財力物力，要達到這樣的存真效果並不難。我認為這畫冊出得有點倉卒。

天氣那麼炎熱，明天不出去了。且留在家中吃粥，把畫冊再細細看一遍。明天我會做個涼拌豆腐：皮蛋、鹹蛋，切成小塊；嫩豆腐切成小骰子；再加點現磨的檸檬皮、海鹽和橄欖油，一拌即成。

∽ 老人中心

這也不是什麼瞞人的事：早已大步邁入花甲之年，如在香港，每個月的生果金斷然少不了，當然還有八達通優惠。人在紐約，便趁暑假拿了non-driver's license，和曉恩遊博物館和看展覽，可以享受特價，乘公共交通工具，可以半價。說真的，也省不了多少個子兒，不過是覺得好玩：如今是正式加入了老人行列了。一天興致來了，和老伴齊上紐約市的老人中心去看看。地方還算光潔明亮，驟眼望去似是個中學飯堂開什麼節日慶祝會，飯桌上鋪上紅布，放三兩個氣球。我和老伴根本不是會員，但是還是讓我們進去了，說是下回可得有會員證。

碰見了一位八十歲的上海太太。她一星期來足五天（老人中心周末休息），風雨不改。我從她那裏才知道，早餐 $0.75，午餐 $1.50，晚飯是沒有的。當然全以美金計算。星期四午餐 $2.25，因為有樂隊現場演奏，飯堂變舞廳，耆老共樂。我放眼四周，但見有中國人在打麻將，西班牙人打桌球，玩牌戲；有三兩老人在隨着音樂手舞足蹈；有些老太太還穿金戴銀，塗脂抹粉地亮相，在互打招呼，閒話家常。有人告訴我他來這裏十多年了，十分高興的樣子。我突然明白：這裏是他們唯一的去處，實情就是他們的俱樂部。我提醒自己，看事情要態度正確。一代舞后依莎朵拉鄧肯曾驚訝富人的生活無聊，整日開園遊會什麼的，奇悶無比，漸漸地亂搞男女關係。小甜甜富可敵國，所物色的貨色也不外如此。他們才真正可憐。反觀這裏的老人，他們的生活還算是正當健康的。

早餐九點鐘開始，要輪籌排隊。我和老伴各拿一個塑膠盤子加入行列。我說這下子可好了，簡直賓至如歸，打成一片。派早餐的老太太都戴上膠手套，派出的早餐全部一樣。麵包一片，上面一團咖啡雪糕，近看才知道原來是花生醬。真是奇觀。一小膠砵子肉桂味麥糊，一隻白煮蛋，四安士蘋果汁，一杯白開水，一個沒有開封的 Tetley 茶包（那上海老太太勸道：「別把茶包放在盤上，不衛生。」），半安士提子果醬，一小包鹽，一小包糖，還有半品脫低脂牛奶。我和老伴領了早餐，坐下夷然吃將起來。一看，竟然沒有餐刀，我於是奇怪人們怎樣吃那雪糕球似的花生醬配麵包。有的用膠調羹把花生醬壓扁塗平，有的用麵包把花生醬捲起來吃。他們早已習以為常，誰也沒有去懷疑市政府的撥款和刀子下落的微妙關係。

午餐時間是十二點。我既來之則安之：食嘢食成套，詳情要知道。中間的一段空檔幹什麼好呢？於是走走看看。牆上都掛着拙樸的油畫，有的摹倣名畫，有的是靜物寫生，還有希拉里的畫像，奧巴馬倒沒有看見。奧巴馬一家子旅行動輒數百萬元，那是國體，沒有好說的。只是老人中心吃早餐沒有刀是否也和國體有關呢？還是我的無理，吹毛求疵？國家已經一窮二白，有得吃還要阿吱阿咗，要求多多？

午餐來了，再輪籌排隊，還要簽名。有男士說妻子行動不便，可否代簽。辦事人鐵面無私，無情講。那妻子只得扶着枴杖走來簽名。聞說這是為了防範有人吃了再吃，浪費市政府財力物力。午餐的份量和菜式全部一樣，有得食，無得揀。吃的是什麼呢？尊貴的讀者諸君且聽我細細道來。也是開水茶包牛奶，一小砵蘋果糊（算是飯後甜品），牛油麵包一份（萬一遇上開胃老人，可補主菜之不足），主菜是夏威夷雞腿，西班牙白飯，配以中式蔬菜。那夏威夷雞腿煮得酥爛，有香橙調料，吃起來味道還不錯。所謂中式蔬菜，不外是白煮胡蘿蔔和西芥蘭。我看見對面一對夫妻把雞腿留下，放入膠紙袋。照我的猜想，是用來作晚飯的。我想到中東戰爭每小時耗資一百萬美元，便想鼓起勇氣，拿着盤子，學着《苦海孤雛》裏面的奧里花說道：「我還要多一點。」卻又怕驚動四方，諸天崩塌。

夏日家常飯

這是在香港的大妹妹通過電郵教我的：每天一個檸檬切成薄片泡水喝。喝到晚上把檸檬渣連皮吃掉。說是有減肥防癌清腸胃等療效。現在每天早上先把一個檸檬從冰箱取出清洗、抹乾、切片，放入鐵芬妮刻花大水晶杯子裏。這杯子還是大媳婦買給我的。說起來也是十年多前的事了。那時德德還是小嬰兒。他們一家三口周末來看我。德德喝奶時間到了。媳婦把我從香港帶來的一隻連卡佛水晶杯權充溫奶器，注入大熱水，然後把德德的奶瓶放進去。因為是冬天，一冷一熱，水晶杯啪的一聲現出了閃電似的裂痕。媳婦忙不迭地道歉；其實我一點也不在乎，並且很高興這水晶杯為了擔上為德德熱奶的任務而悄然犧牲。事後媳婦便賠我這隻鐵芬妮大杯子，我也不甚在意；

如今我用它來泡檸檬，成為我夏日消暑的良伴。檸檬我用 Meyer lemon，氣味清香，酸性柔和，顏色悅目，最重要的一點是果皮比一般的檸檬更薄更柔軟，咬嚼容易。有時做火腿冬瓜湯，也順手從杯中取出一兩片檸檬丟入湯碗內，提鮮醒胃，味道更顯通暢了。

六月的紐約，天氣變幻無常，時冷時熱。早上出門要穿外套，晚上睡覺還需蓋被，但中午卻熱得發昏。天熱，根本沒有胃口，也懶得下廚，省得煙火交煎，一頓飯菜還沒弄好，人已經滿頭大汗，真正是得不償失。因此一切從簡。照老伴的意思，最好一天三餐上館子，吃罷抹嘴巴拍屁股，付錢離桌，順便散散步幫助消化。但外面吃一不衛生，二不化算。還是在家吃比較和氣。早點麼？兩片枕頭麵包，塗上薄薄一層煉奶或酸忌廉，再加一杯冷開水。唔使擔唔使托，不用洗不用切。麵包柔軟，煉奶香甜，營養豐富飽肚子，簡單流麗省工夫，頗有歐洲大陸的風情。人生苦短，時光有限，還是把光陰留下看書寫字比較適宜。可不是，往往上超市買紮青菜就是半天，在廚房煮條紅衫又是半天。雖然說君子無入而不自得，總不成把一生最好的時光獻給爐灶。午飯麼？有時乾脆跳過不吃，看《蜀山劍俠傳》看得入神，情緒高漲，根本就忘記了肚子餓。但晚餐總得吃一點。

做個湯吧，就是火腿冬瓜湯。這裏紐約，又沒有鏞記，哪裏去找金華火腿？無則變，變則通。小意大利的火腿也相當不俗。意大利火腿可分兩種，簡稱 San Daniele 和 Parma。San Daniele 味道較精緻香甜，宜切成半透明薄片，捲起一小片哈密瓜而吃之，是最佳餐前小吃。Parma 較鹹，味濃，吃法一般和 San Daniele 相同。我卻想到了用來做菜煮湯。每逢路過唐人街處的小意大利便會買六塊或八塊 Parma 火腿，每塊重約半磅，切好包妥帶回家放入冰格，可以用上三四個月，用完再添。冰箱內更常常放着品格堅挺的冬瓜蘿蔔，隨時可以就地取材，和火腿配搭。

今天就來個火腿冬瓜湯。火腿取出解凍，用熱水把皮上的灰洗擦乾淨，放入盛有冷水的砂鍋裏面去煮，用拍過的蔥段、薑片、冬瓜滾刀塊，共煮便成。不用任何調味，煮壞的機會差不多是零。細火燉兩小時之後，火腿酥爛，冬瓜透明，湯味鮮美；再略加檸檬汁，那神仙也可以吃得了。再不然肚子還餓的話，下一紮銀絲蕎麥麵，就用那湯來配，有肉有菜有湯，是完備的一頓晚餐。老伴血糖高，只給她吃半紮麵；我吃剩下的半紮。

尊貴的讀者諸君，我的夏日家常飲食都已經素面亮相，如實告訴你們了。

◎ 靜觀早餐

我在清涼如水的晨光中醒來，模糊中彷彿有件該辦還沒有辦的事在等候，隨即想起：「這是第二天。」受傷的士兵爛腿遭割除之後，感覺到那消失的腿還在那裏，往往持續達數月之久。遺孀每天起來頭一件事便是打算替丈夫弄早餐沖咖啡，這才猛然記起原來他已經不在了。可是我對那四分之一世紀的結束幾乎毫無懷戀；我的幻覺純是習慣使然，再也沒有其他。

昨天還要出去辦手續。那處九點鐘開門辦公，我和老伴在八點鐘已經乘計程汽車到達，但見門外有三、四個人已經在排隊。所有的證件皆預先打點妥當了。我和老伴的姓名從中到英，都經過兩、三次的 sea change，自己的生日也因為陰曆陽曆的差異而在證件上引起問題。一番電郵往返，再加上在港的大妹妹仗義相助奔走（幸虧她還有司機），總算把該要的證件弄到手。期間的過程曲折離奇，要說清楚還真的有一匹布那麼長；以後有機會才告訴大家。我如今是驚魂已定，非常好脾氣的樣子在輪籌，卻在暗中嘀咕：你們這班有牌黑客，（同事大衛說全國有資格監視人民網上活動的政府員工達四百萬。）打正反恐愛國的輝煌旗號，公然侵犯蟻民的私隱權，對於南柯的三長兩短早就瞭如指掌。滑鼠一按，萬民的過去未來皆纖毫畢露，無所遁形。那又何苦裝模作樣，詐傻扮懵的撚化咱們，硬是要勞苦百姓把各式證件從天涯海角再搜索一次呈交，無謂地損耗了好些精英細胞，彷彿你們大爺諸公還真的矇查查什麼都不知道似的。我這邊廂還指望過些靜好歲月呢。莫非這又是另一個春秋大夢的開始？

那女黑人辦事員的態度還可以：文件一一查收，印了副本，把正本擲還，並不諸多留難查問。事後我問她要收據，她說沒有收據。我問何時可以收到消息，她說這全看誰在處理。都叫我再也無話可問，只得悄然而退。能辦和該辦的事皆已辦過了，遂偕老伴乘計程車前往法拉盛喝茶去。那天同事還問我回家第一件事做什麼。我長吁一口氣曰：「洗澡、喝礦泉水。」教戲劇的克萊亞倒也風趣，順流而下問一句：「咱們可以旁觀麼？」誰想當天晚上就花啦啦地下了一場雨，也可以算是洗澡吧。

翌日早上精神愉快，便先出門寄一封信。這信件一波三折，遲遲未能寄出；最後文件總算齊集了，想想又再打一信說明一下，附加在內。信件寄出之後，順道往韓國女子洗衣店拿白襯衣灰長褲，也算是散步一次。回來老伴還在睡大覺呢。我這就給自己做個流麗簡單早餐。依然是奶茶一杯，多士兩塊。卻做得氣定神閒，彷彿前面的日子長着呢。其實誰也拿不準。但切板仍然鋪在桌上，多士仍然烘得金黃，細細塗上的 cream cheese 仍然雪白柔軟。一個人靜靜的吃。說是簡單，不知怎的算起來要清潔的東西還是一大堆：餐刀、切板、調羹、杯子、杯托、杯蓋。今天一切看來都比較有情趣。但是還是慣性地隱隱覺得前面有什麼迫切的事情等着我去清理；都是餐具而已。

切板上全是麵包屑，在晨早的陽光照明下金黃立體，精神抖擻地散發了強大的生命力，滴在桌上玻璃的一滴奶茶亦晶瑩如同一顆顏色特異的珍珠。在平常的周日這些善後的工作都會叫我煩厭，只覺得人生都不外是無止境的麻煩事：吃了洗，洗了再吃。但今天早上不一樣。萬物靜觀皆自得。這餐後桌子的種種完全叫我想起了 Jean-Baptiste Simeon Chardin 的靜物畫：一隻銀杯，一小塊麵包皮，都露出了近乎宗教情懷的柔光。

我想下午可以出外買一點菜做晚飯。豆腐牛肉羹。不買現成的碎牛肉，要一塊 shell steak 自己切碎，用蓮藕粉做芡，最是清甜。曉恩喜歡番茄炒蛋，說喜歡那酸甜的對比。番茄去皮切成薄片，加糖炒得甜甜的；雞蛋用牛油炒至香滑，再把番茄加入一兒便成。

前面的日子彷彿好長。其實都是吃喝情事，再無其他。

豬肉小記

紐約市二月裏頭連場大雪，好不容易出了幾天明媚的太陽，高高興興地和老伴在星期六把茶樓齊共上，卻忽又傳來消息：星期日下午大雪再度飛揚，積雪可能厚達六吋。我只得在喝茶之後收拾心情，獨自上路，前往中國城伊利沙伯街的德昌食品市場購買足夠一星期食用的肉類。我還是最近方才留意德昌食品市場洋名曰 Deluxe Meat Market。打正了旗號，光明正大地賣肉，怪不得裏面的蔬菜寥落，不甚起眼。而夠膽子自稱豪華，倒也真的沒有沾辱了好名字；果然是德昌的肉食品種良多，質素高超。怪不得無論什麼時候前往光顧，永遠都是人頭湧湧，再加上市場的通道極為狹窄，那就更加水洩不通。從選購貨物到排隊付款，都免不了你推我搡，大呼小叫一番方才能夠完事，真正是兵荒馬亂，如上沙場。按道理，生意這麼忙，夥計容易壞脾氣。但是這兒的夥計偏偏服務精神可嘉，有求必應。甚至採取主動滿足顧客的要求。有一次我買絞碎肉，那年輕的白衣夥計笑道：「絞碎肉有三種，偏肥的，半肥瘦的，全瘦的。」我選了半肥瘦的。待包好了給我一看，我嫌太瘦了，但既然包好了便算了。年輕白衣夥計忙道：「沒關係，給你換。」另外一次是農曆新年之前，我忽然之間雅興大發要醃鹹豬肉豬舌頭，遂往德昌一口氣買了一打五花腩和三打豬舌頭，包好了才發覺根本拿不動。那戴眼鏡的胖夥計自告奮勇替我拎到車站，我自是感激不盡。

鹹豬肉長久沒有醃了；主要的原因是不符合現在的飲食衛生。以往每年都大量醃製鹹肉鹹雞鹹鴨，各親友相爭認領。如今你送給他們他們也不要。但我想偶然吃吃也無傷大雅。那五花腩鹹豬肉煮熟了尤其吸引：瘦的部分紅艷艷的如同月季的顏色，肥的部分透明晶瑩，入口軟糯甘飴。一想起那色彩味道便精神為之一振，於是把車房角落的大瓦缸拿出來，又叫女兒前往韓國店把粗海鹽買回來，調入玫瑰露酒，加上花椒八角，這便大展拳腳，醃製起來了。三天之後翻缸取出，用繩子穿起掛上竹竿；有太陽的時候搬出去曬太陽，傍晚再搬回來。誰想一星期之後拿來煮吃，發現太鹹，只好悉數丟掉。全部扔進垃圾桶，眼不見為乾淨。想這次失敗是用鹽太多之故。下一回自當留神。

這一次上德昌是大雪前夕，更為擠迫不堪了。幸好我早有準備，把要買的肉食寫下，有條不紊地一樣一樣地向那大鬍子夥計報上：「無骨五花腩四條、無皮無骨五花腩四條。」剛說到這裏，有在旁的口痕友用普通話打趣道：「什麼？沒屁股的五花肉？」我不動聲色繼續購買：「新鮮豬扒八塊、豬脹骨九塊、（分開為三包，每包三塊。）花腩碎肉五磅、（分三磅和兩磅兩包包好它。）裏脊肉兩條、柳胸一條。」然後再往海鮮部要了一大塊桂花魚扒。

俗語說的：沒吃過豬肉，也見過豬跑。但我們城裏人適得其反：化整為零的豬肉豬骨豬內臟見得多；要我們把各部位再拼湊成一隻完整的豬卻難比登天。五花腩是豬的腹部我知道，豬䐁骨、西施骨煲湯無數次，是什麼部位我卻一下子說不上來。得空去查個水落石出是好的，起碼吃的時候心中有個概念，吃起來比較心安理得，順理成章，味道暢通。例如說，這個柳脢，原來即是裏脊肉，英文的 tenderloin 是也，是位於豬的腰部的一塊嫩肉。至於為何叫柳脢則愧未能知。張愛玲在〈談吃與畫餅充飢〉說女傭們稱裏脊肉為「腰脢肉」，並且道：「……多年後才恍然，悟出是『腰眉肉』。腰上兩邊，打傷了最致命的一小塊地方叫腰眼。腰眼上面一吋左右就是『腰眉』了。真是語言上的神來之筆。」

我總覺得這是張愛玲的想像力豐富，推理得太合情合理了，反而不符合真實。不過我也沒有證據證明她說錯了。

◎ 美味牛舌頭

一連吃了三天的牛舌頭，不為什麼，就是為了喜歡。

以前也吃，在中國人開的超級市場買急凍的，長可尺餘，龐然大物，拿在手中像一塊石頭。加鹵水用大火煮兩小時，味道不錯，就是帶有臊味。後來在離家不遠處的墨西哥肉食店看到有新鮮的，買來一試，果然好得多了。這肉食店具備拉丁美洲的粗獷原始風情，豬牛都是每天有專車運到。玻璃櫥櫃內展示出笑嘻嘻的豬頭和一排排的豬手，還有那一團團粗大的牛尾，紅的紅，白的白，頗能引起食慾。裏面的工作人員男女分明，男的操刀切肉，和顧客周旋，女的掌櫃收錢。每去一次便看見一個不同的女子，一個個的都長得豐乳肥臀，穿得袒胸露背，也是紅的紅，白的白，耳朵頸項裝飾得金光燦爛，叫人悠然聯想到那曾經輝煌一時的古印加太陽文明。連帶在這裏賣的牛舌頭也平添一重遙遠神秘的風味，而其實牛舌頭就是牛舌頭，包在一層厚殼裏，殼上有時現出大塊的黑斑，異常醜陋。

我第一次進去碰運氣地問他們可有 ox tongue，他們聽不明白，我只好指指我那伸出來的舌頭，其中一位瞪起眼睛，恍然大悟：「Oh, beef tongue !」遂把一大條鮮血淋漓的傢伙雙手托出來給我鑑賞。我也不堅持，以後便入鄉隨俗學他們的說法，果然口到舌來，不再有阻礙。運氣好的時候是純淨分明的一條舌頭，但有時候牛舌根底下附着一大塊厚肉，肉質粗糙，當然也不好吃，卻又平白地多付一磅肉的錢。

把牛舌頭買回去，在水龍頭下沖洗血水，丟入加了薑塊的開水中煮兩三分鐘，取出來再沖洗一遍，然後放在一大鍋水中用大火來煮。水中加海鹽、生薑、紹酒，另加切滾刀塊的大白蘿蔔，為的是添增一點植物的清潤之氣，中和肉味，提升鮮香。當然煮好了之後只吃牛舌頭，這個湯是不喝的。如果覺得可惜，可以用這湯來煮蛋，加一把茶葉，便是茶葉蛋。有一次牛舌頭大火煮了三十分鐘，老伴嚷着要吃館子，只得陪她一道去；出門之前把火調至極細。九十分鐘之後回到家裏，把牛舌頭撈起，外面的一層硬皮一撕即脫，露出裏面粉嫩的肉，切成薄片之後拈起舌根的那一片熱騰騰的帶有脂肪的肉放入口中，鮮美不可形容。照我的意思，這樣煮成的牛舌頭，其肉質口感和香糯軟滑，僅次於法國佩利戈的鵝肝。吃牛舌頭如倒吃甘蔗，從最肥美粗大的舌根吃起，吃到愈靠近舌尖的部位便愈沒有吃頭了。

我無意間發現這樣三十分鐘大火九十分鐘細火的火路調煮出來的牛舌頭軟糯中還帶有一點爽滑的勁道，是最理想的口感配搭組合：寓鮮活於柔韌，無疑服務舌頭的典範。鄉土文學大師汪曾祺憶述昆明小西門馬家牛肉館賣的牛舌有個奇怪的名目曰「撩青」；撩青者，吃草也，正是牛舌運動的最佳描寫，頗具詩情畫意，流露的是中國民間的活潑想像力。上海人把紅燒的魚尾叫划水，美國牛郎把牛睪丸叫做啷嚐牛肉（swinging beef），也是同樣地給煮熟了的食物再賦予活跳跳的生命。

說起來長久沒有看見鴨舌了。鴨舌用上湯煮熟，加切碎的芫荽和蒜頭，也相當好吃。張愛玲在〈談吃與畫餅充飢〉裏面說到小時候在天津常吃鴨舌小蘿蔔湯，「湯裏的鴨舌頭淡白色，非常清腴嫩滑。」鴨舌又叫鴨信，《紅樓夢》裏面，寶玉曾誇讚「前日寧國府珍大嫂子的好鵝掌鴨信」。太極拳有一招曰「白蛇吐信」；蛇舌叫信，是因為蛇的視力弱，要依靠吐出的尖頭去探測信息，找尋食物；蛇舌分叉猶如昆蟲的頂上兩條觸鬚，方便左右同時感應，靈活運用。把鴨舌稱做鴨信，如同把牛舌叫做撩青，給食物增添多一層意味，簡直活色生香。

◌ 粢飯正名記

假日早上，如果可以的話，便和老伴齊上茶樓。茶是自己預先準備的杭菊陳年普洱茶包。像裹蒸粽這樣的龐然大物可免則免，即使是小點四、五樣，亦務求清簡，釀涼瓜、鮮竹卷，又或者是菜乾排骨粥。饒是如是，一頓茶吃罷還是滿口味の素，因此有時便前往紐約法拉盛的台灣小館轉轉口味，喝豆漿，吃粢飯，倒也別有一番樸素情懷，腸胃十分受用。事後可以逛逛書局，買一本精品微藏的《孔雀東南飛》連環圖，又或者是劉奎齡的巨型動物畫冊。

這本是我慘淡經營的夏日閒情，卻不想照樣會出了小小的岔子。老伴坐下要大餅油條，結果大餅變成蛋餅；那是音誤。原來法拉盛的台灣幫只管叫大餅做燒餅。我要豆漿粢飯，侍應聽不明白，卻又原來在他們的地頭粢飯不叫粢飯，只稱飯團。飯團就飯團吧，端來的卻是小小的一個圓柱形糯米飯，還是用保鮮紙密密地包妥。這顯然是一早包好了放在那裏應客的。吃吃還可以，豆漿幸好也不過甜。

然而我那固執的童年回憶卻認定是粢飯就應該是橢圓形的鵝蛋模樣，拿在手中暖烘烘的，有難得的充實豐盈。而且怎麼粢飯就不叫粢飯了呢？回去翻字典，字典說：粢，穀類總稱。《周禮》「春官」「小宗伯」曰：「辨六齋之名物與其用。」漢氏鄭玄注曰：「齋讀為粢。六粢，謂六穀：黍、稷、稻、梁、麥、苽。」如此看來，粢飯只說明了這早點的用料，倒是飯團道着了它的形態，我不得不承認。

《老上海小百姓》裏面有一段描寫粢飯的做法：「……他（師傅）先將一條乾淨手巾『攤』在右手手心上，左手從飯桶裏撈出一團飯，放在手巾裏，用手壓勻，再將油條一疊三，然後雙手連手巾一起又裹又捏，捏成一團。內鬆外結實，飯粒一顆也不落脫，真有本事。」內鬆則入口容易咬嚼，外結實，則拿在手中不會散掉。這上海老師傅深明粢飯這矛盾統一的品質。粢飯就是最便當的便當，勞苦大眾用來補充體力的粗食。粢飯經過搗爛敲打便成年糕，若填上餡料用麻竹葉包成煮熟就是糉子，如今簡化操作，現蒸，現捏，就成了粢飯，勝在流麗快捷，速戰速決，卻照樣可口樂胃，營養充飢。

原來粢糲就是粗劣食物的意思，《史記》「李斯傳」有云：「粢糲之食，藜藿之羹。」有索隱解曰：「粢者，稷也。糲者，麄粟飯也。」《列子》「力命」曰：「食則粢糲，居則蓬屋。」有注云：「粢，稻餅也，味類粔，米不碎。」這樣看來，粢即是用完整米粒煮熟之後做成的餅食。

「粢」和「餈」通。《清稗類鈔》有餈條：「餈，凡炊米既爛，搗成餅者，曰餈。」《說文解字》也說：「餈，亦作䭔、粢、今多指江米蒸熟後搗碎做成之餅，亦作糍。」餈竟然有點像年糕了。而餈筒就是糉子的別稱。陸游有詩曰：「白白餈筒美，青青米果新。」

這樣一來，粢飯、年糕、糉子之間的界線漸漸有點模糊，彷彿之間連成一體了。但如果要給粢飯一個定位，就是它的做法比年糕和糉子都要簡便，主要是在做成之後基本上還保持飯粒的原狀，只不過是從碗內的散飯變成手中的飯團。吃的風味和吃一碗糯米飯到底不一樣。周作人在一九五一年曾在亦報寫過一篇短文〈糯米食〉，文中這樣說：「用糯米煮飯擱白糖，我可以吃一大碗，比一頓飯的份量還多……」周作人還在文中提及年糕、糍粑、甜酒釀、八寶飯，獨就不見粢飯。當然我絕對不贊成以一碗擱白糖的糯米飯來代替粢飯；兩者之間主要的分別是，吃粢飯有一重邊吃邊用手捏飯使之保持不散的手感樂趣。

雖說粢飯是庶民粗食，從前的上海師傅做起來也有一番精細功夫，要耐着性子把米中的碎石、稗粒挑出來，否則好端端白團團的粢飯吃出了沙粒，是很煞風景的一回事。幸好如今的超市包裝米能把這一重操作省掉。

做粢飯先將糯米，粳米（兩米比例為三比一）摻和洗淨，冷水泡浸，再瀝去水分，將米放入墊有紗布的蒸桶內。蒸桶放在裝有半鍋水的鍋上，桶底稍離水面，用大火蒸至蒸氣上湧，面上米熟，澆淋一大碗熱水，立即加蓋再燜五分鐘即成。這樣蒸成的粢飯才軟韌兼備，入口彈牙，頗堪細嚼回味。

從前有個老上海寫過一首《竹枝詞》讚美粢飯：

熱粢飯呀糯米做，裝米桶呀生炭火。
白糖油條隨意包，清晨充飢香且糯。
粢飯苦力最愛吃，吃進肚皮耐飢餓。
價廉物美粢飯團，伴我度過窮生活。

且莫笑他用詞粗鄙，我倒喜歡那裏面平易的愉悅；叫粢飯做粢飯團，是把粢飯和飯團的兩岸稱謂兼蓄並收，合而為一，不亦宜乎？只是如今台灣的粢飯呈多樣化，除了傳統的鹹甜粢飯之外，另有加紅豆白糖捏成的紅豆飯團，我看也無不可。更有企業化的自助式粢飯，餡料除了油條、肉鬆，還有菜脯、蓮蓉。我還見過精緻小巧的飯團，配上櫻桃、青豆、果子皮，捏成鴨子、甜心、星星的形狀，甚為可愛。我想這簡直就是另類壽司，和原本粢飯的精神面貌相去甚遠矣。

第三輯

廚房實錄

海參小記

不說海參，先說和尚。日本電影《怪談》（一九六四年）裏面的瞎眼和尚遭鬼迷惑，夜裏前往墳地給亡國的冤魂彈箏唱歌，弄得自己烏雲滿臉而懵然不覺。幸廟中方丈及早發覺，命和尚赤膊跪下，在他身上臉孔寫滿了符咒，連鼻子嘴唇都沒有放過。符咒寫了，便命和尚依舊坐在廟外等候。入黑之後鬼使者復來找和尚，預備領他前往墳地繼續唱亡國悲歌。但鬼使者左看右望，不見和尚，高呼亦無回應。正在疑惑之間，忽然看見半空浮現一雙耳朵。原來方丈替和尚在全身畫滿了隱身符，獨獨是漏掉了耳朵，真可謂百密一疏。鬼使者無奈，出盡了力把那雙耳朵拔下來回去覆命。可憐那和尚痛得死去活來，卻不敢叫出聲音，鮮血流瀉滿地。翌日方丈看見一切，只淡然一笑怪自己粗心大意，但和尚的命畢竟得以保存。

都說這個聖誕節不再吃火雞了，改改口味，吃中菜。我擬了一張菜單如下：淮山雞湯、薑葱明蝦、燉獅子頭、紅燒龍躉、清炒豆苗、火腿海參，再加一道甜品八寶飯。菜並不難做，主要是材料好。唯一比較困難的是那一道海參，因為根本沒有做過，沒有經驗。先去採購海參，就是墨西哥海參，一千元一磅，剛好十條。遠看烏卒卒乾巴巴的，互相敲碰之際，鏗然有聲，彷彿是一條條的墨膠，只是不帶任何氣味。我把這海參拿回家仔細端詳，又翻看資料，終於在聖誕的一星期前便着手。把海參放在純清水中泡浸。有人用礦泉水，那太誇張。我只用沙餾水，並在泡海參的膠盆上加蓋，放在通風陰涼之處，目的是保持水的清潔，不能有任何雜質，尤其不可沾上了油。每二十四小時換水一次。如是者一連泡浸了三天，海參果然發了有三四倍之多，看上去活像肥大的黑毛蟲。

把海參的腹部翻向上，你會看見沿腹有一條長長的凹痕。用尖刀沿着凹痕一割，把腹腔拉開，便看到白色筋狀之物。把腸筋連沙嘴全部拉出來，放在一旁。把腹腔之物掏空之後，仔細把腹中的幼沙清洗得乾乾淨淨。有一說海參的腸筋亦營養豐富，便又耐着性子把腸筋一端的沙嘴拔掉，復把腸筋漂洗得潔白如新，用碗盛着，留為後用。可以用來作為湯料。

海參的腹腔清潔妥當之後，開始要加火煮了，這還是發的過程。把海參放在冷水中煮，水煮開了之後不要揭蓋，燜它四五小時，待冷卻之後再換冷清水，送入冰箱，次日依法再煮一次，再送入冰箱。這樣已經是第五天。拿出來一看，已經發大了有十倍之多，望上去晶瑩而又富有彈性。現在可以用來做菜了。

其實很簡單，兩塊意大利 Parma 火腿去皮，日本花菇浸軟去蒂，薑片蔥段，連發好的海參一起放入沙鍋，加清水煮之。待湯水煮滾之後，轉為細火燉九十分鐘便成。費了好大的一番工夫做成了這一道海參菜，吃的時候也沒有誰說特別欣賞。我好像演唱家用心唱出首本名曲，只換得零落掌聲，未免有寂寥之感，但也沒有什麼。事情做了就在過程中得到樂趣，其他一切並非主題。

只是問如如，她說那海參的質感不錯，我自己也覺得入口軟糯適中，略帶彈牙的韌力。但如如說海參有沙。我這才猛然醒悟，我應該在把海參用冷水泡浸三天之後把海參上面的沙洗刷乾淨。煮過的海參轉為柔軟，上面的沙便很難去得掉了。這一次真可以說是為山九仞，功虧一簣。我想下一回可以試試做豬雜燴海參。

小品兩則

食水

放長假的好處是對生活上的細節可以認真，因為時間充裕得多。平常上班，一份工作就消耗了大部分的精力精神和時間，哪裏還能夠兼顧洋人所謂的quality of life。因此不禁想起一位荷李活女明星的感慨：「What you get is a living; what you pay is your life.」現在要稍為好一點。例如說，這個電暖水壺。在上班的日子，來去匆匆，看見水快用完便只好加進去，三四個月下來壺底使積了一層褐色的沉澱，要動用白醋去清理。尊貴的讀者諸君或許會有疑惑：「此等婆婆媽媽的家務瑣事為何賢內助不出手？」皆因她老人家一周七天攻打四方城，比我還要辛苦百倍，哪裏還忍心驚動。

如今我每看見電暖水壺的水只剩下了一吋，便把那水腳倒掉，再加清水把壺沖洗漂淨，然後注入滲過濾器的新水。旁的不論，喝着這樣的水人總是覺得舒暢些，說是心理作用也罷。即使這樣小心經營的生活秩序，依然會遭到破壞，不為什麼，就因為這個世界上並非只有你一個人。有時老伴興致來了，倒背雙手走到廚房瞄瞄，忽見壺中缺水，花啦啦便把龍頭水沖進去，叫也叫不住。勸了兩三次也沒有用，也就算了。像洗碗，我每次總得用隔渣器。老伴卻偏偏喜歡在洗碗洗菜之際把隔渣器拿掉，那些細碎的菜葉片和剩飯粒，便全掉進水管裏去。我告訴老伴，遲早一天水管大大鑊塞一次；花一筆錢請人來通事小，家中百事顛倒事大。她哪裏會聽得進去。因此盡量不讓她洗。

我這邊廂保持心平氣和。里修的德肋撒（St. Thérèse of Lisieux）早就明白：「徒靠自己的氣力去改變一個人，無異要黑夜出太陽。」再退一步想：自己的想法做法就一定對麼？暴力的定義就是把自己的意願強加別人身上，要別人跟着自己的意思走。那又何必？鄉間的大姊姊一定要家人外出回來立即把衣服換掉，稍慢一點她便暴跳如雷；香港的大妹妹簡直沒有她中意的女傭；她自己跪在地上抹地，把家人都嚇得不敢走動；桌上一點水漬子立即要尋根究柢。大妹妹於是時常提醒自己別太緊張。我也得時常提醒自己，切莫變成一個住家暴君，切莫強要別人唱自己的調走自己的路。他有他的自由。他有他的步伐節奏。法國作家 George Bernanos 的話劇 *The Carmelites* 裏面，新到的修女怕黑，睡時把房門開了一條縫。修道院院長勸她，並把門關上。過一晌院長回頭一看，門卻是再次開着的。她稍為遲疑一陣，沒有把門關上，靜靜地走了。這給我很深的印象。我們可以嘗試，不可以強求。改變別人不是我們的工作。

• 月餅

紐約唐人街金門南貨店八月頭裏就有月餅上市，我依照以往的習慣買了一些，有五仁、冬蓉、三黃白蓮蓉，都是榮華的，又另外買了上海月餅，有椒鹽、棗泥、海苔、豆沙，獨不見玫瑰。這些月餅吃來吃去只落得一個甜字，感覺不到各種材料的特色品質，例如說，冬蓉的清爽，棗泥的彈牙。我們的味蕾早已忘記陽光雨水滋生出來的明艷萬物各具天然風貌氣息。如今動不動就基因改造，陳年發霉蓮蓉做月餅的新聞也聽過。這裏也有鹹的上海酥皮鮮肉月餅，沒有從前香港南貨店的鮮香，不過聊勝於無，拿一個放進烤箱烤兩分鐘，配一杯龍井什麼的，就算是一頓輕巧的早點了。台灣的天仁月餅美金四十元一盒，包裝得很漂亮，大盒子裏面再分小盒子，層層的潘朵拉似地打開，實得之物僅可盈口，真正是形式勝於內容，懸疑大過謎底，不過平心而論，那奶油白豆沙和麥芽金桔酥味道還算清新，不至於太甜。如如說蓮香月餅還吃得出蓮蓉的香味，我亦買一盒回來試試，彷彿是好一點。《明周》的蘇朗智寫福臨門陳維根師傅替老食客度身訂造的蛋黃蓮蓉月，蓮蓉加欖仁，蛋黃人手輕輕放上，搓皮加適量普洱茶湯，看了萬分羨慕。總不成千里迢迢去郵購一盒，只得作罷，把一切留給想像和嚮往。

☙ 夏日菜譜

去年初放暑假的頭一個月簡直清涼如水，叫人不敢置信，但今年才七月初已經熱得反了過來。早上預備來個蔥炒蛋，把一塊牛油放入煎鍋，眼看着它漸漸地自己融化掉了。有時偕老伴和小慶上茶樓，點心亦只限於釀青椒和素菜餃，或者再添一道南瓜西米露。一步出有冷氣的所在來到街上，一股熱浪迎面湧來，緊貼手腳的皮膚不放，腦海中油然浮現了米爾頓（John Milton）《失樂園》（*Paradise Lost*，一六七四年）裏面描寫地獄的詩句：

> ...but torture without end
> Still urges, and a fiery Deluge, fed

With ever-burning Sulphur unconsum'd.

無盡的苦楚一路相逼，
且有火焰的洪流，
由永燃的硫磺添注，滾滾而來。

而街上往來的行人皆默然而過，彷彿是幽靈似地無聲。回到家來早已汗流如注，立即洗澡更衣，躲在空調如同松濤一般的低吟之中休息一陣，礦泉水更是用水晶杯一杯一杯地喝，粉紅色的壽司生薑也是一瓶瓶地買回來吃。冬日裏用能量壺燒水冲老茶的暖洋洋情趣，在夏日裏忽然變得遙遠而又荒誕，如同另一個世界裏面的情事。如今只找冰涼酸辣的東西來驅暑消熱。

《紅樓夢》第六十回裏面，時值初夏，芳官扒着院門，笑着向廚房中柳家媳婦說道：「柳嫂子，寶二爺說了，晚飯的素菜要一樣涼涼的酸酸的東西，只別擱上香油弄膩了。」柳家的輕描淡寫地回一句「知道」，似乎寶二爺那刁鑽的夏日口味並沒有把她難倒。想來柳家的可以來個醋醃黃瓜應付過去。黃瓜的品質冰清，實在是夏日的最佳蔬果。我最喜歡往超級市場找台灣的小乳黃瓜，長約四五吋，手指般粗細，去皮去籽之後切成丁，用海鹽醃過之後瀝去水分，再調以適量的糖和白醋，最是開胃怡神。下粥固然好，但也可以作為炎夏永晝解悶消煩的口果。白醋的好處是不會壞了黃瓜的顏色，但如口味高貴一點的，大可以用意大利的 balsamic vinegar。

洋人也有用黃瓜作菜的。黃瓜去皮切丁，用牛油炒，加水略煮，鹽適量調味。上碟之時可以加蔥花或細葉芹，甚至加入去皮去籽切丁之番茄。這一道炒黃瓜可以用作烤魚柳的配菜。

黃瓜沙律的用料是同等份量的黃瓜、芒果、甜紅洋蔥。齊齊去皮切薄片，加入鮮榨青檸汁和鹽適量，攪拌。上碟之時配以芫荽。

醃黃瓜及冬蔥：小黃瓜四條，冬蔥三個。黃瓜去皮，對半切開，去籽，切成小塊，放入碗中。冬蔥去皮，對半切開，再切成薄片，亦放入碗中。加粗鹽攪拌均勻，四十五分鐘之後過清水，瀝去水分。如果嫌太鹹的話，可以再過一兩次清水。加醋、胡椒，送入冰箱冷藏。上碟之際再配上細葉芹便可。

如如最近在家忙做韓國泡菜，用大玻璃瓶盛着，效果非常之好，真是夏日最佳小菜，菜譜如下。

醃醬用料：七湯匙魚露或鯷魚露、一個洋蔥、一塊薑、一頭大蒜、一個蘋果、一個韓國梨。將以上醃料攪碎，加入一杯半壓碎之胡椒粒。兩個椰菜切成小塊，八條蔥，放入鹽水之中（鹽水用一杯鹽加八杯水調成）。再把醃料加入，放入瓶中，大約廿四小時之後便可以吃了。吃不完宜存放冰箱之中。

此韓國泡菜的特色是加入了蘋果和梨子，所以味道特別清鮮，消暑效果特佳。

夏日的天氣就有這樣的酷烈驚心，唯有用酸辣清爽的食品對抗。待寒冷的冬天來臨，大家又忙着去吃火鍋、紅燒肉，而在回憶中的夏日又彷彿別有一番鮮亮的顏色，變得可愛可親了。

我們就這樣在春天期待夏日，到了夏日又懷想冬天，然而冬天真的來了，我們反倒又盼望夏天了。

廚房功德

近年來已經不怎麼下廚了。對上一次興緻勃勃精神奕奕獨力治了一桌子新春菜已經是快十年前的事了，如今下廚的唯一原因是洗菜、洗茶具，竟也很花時間，還有嘛就是煮雜米粥，即使是煮雜米粥，善後工作算起來也是一大堆。那煮粥用的黃銅鍋早已經斑斑點點，無情無緒。如要將之擦得晶光燦爛，起碼得使勁擦上半小時，事後還有一番清洗揩抹。待有假期再說，吃罷雜米粥，全是體力勞動，黃銅鍋連蓋兩件，粥杓子一個、調羹一隻、筷子一雙、中瓷碗一隻、盛腐乳和皮蛋的小瓷碟兩隻，總得逐一沖洗抹乾，放回原處，餐桌也得抹一兩把，泡一次柚子老茶事後也是茶杯茶蓋茶碟茶隔叮叮咚咚的一連串在桌子上列隊靜候沐浴安置，我喜歡茶具清潔之後的心緒安寧：

上帝在他的天庭裏，世間一切都好了。其實也只不過是一隻茶杯罷了。至於剩下的柚子茶渣，留下用小布袋裝好了，紮上了口子，放入粥內煮，煮成清香的茶粥。物盡其用。老茶不怕久煮，而且十分耐泡，閒閒地泡六、七泡，顏色氣味不減，真正是物有所值。布袋小茶包也可以從粥湯中撿起，在水龍頭下沖洗乾淨，抹乾再用。即使是世界亂紛紛、經濟鬧烘烘，我這一角小小的廚房卻倒是井井有條，杯碟碗筷各得其所。

電影大師希治閣的《觸目驚心》（*Psycho*，一九六〇年）裏面最為人樂道的是那一幕浴室謀殺。希治閣說自己花了七天的時間拍成了這一幕四十五秒鐘的戲。杜魯福訪問希治閣的時候卻別具慧眼，說比兇殺拍得還要好看的，是安東尼柏堅斯在兇殺之後用地拖仔細地抹走浴缸和磁磚地上的血漬，冷靜地把屍體包紮移去。杜魯福說這一幕戲拍得有一種和諧的感覺。這話奇怪，也不奇怪；倒叫我想起希治閣自己說過的話：「我在洗澡之後將一切物歸原位，浴缸地板抹得乾乾淨淨，你再也看不出剛才有人用過。」

一種和諧的感覺，一種冷靜，一種有條不紊。我最近忽然提起了興趣煮茶葉蛋，一煮就是四打，把蛋悉數煮熟，把蛋殼敲裂，是要把各式香料熬成一大鍋五香鹵水，那過程天翻地覆如同謀殺，事後的清理工作尤其需要沉得住氣。焗了一夜的蛋撈起放入海碗加蓋，妥為存放。一鍋子鹵水隔渣之後入瓶送入冰箱，可以再用。碗碗盤盤逐一清洗抹乾。桌上和地上的鹵水汁如同斑斑血漬，也給處理得不留一點痕迹，如果不是空氣中那一股凝聚不散的濃香，打麻將同歸的老伴根本看不出來我在家中作怪煉金，大做其五香茶葉蛋。

這是善後的工作。至於事前的工作又怎樣？那彷彿也是一種生之徒勞。忙了大半天的成績，三十分鐘便吃進肚裏無影無蹤了。再色香味俱全的小菜吃入口中和入肚內還不是打成一片成漿成泥？但那過程也是一種樂趣吧。像西藏高僧做的曼陀羅，五彩動人，一場功德之後卻一陣風將之吹散；不帶一點留戀和惋惜。考萍萍的散文集《舊夢結》裏面有一篇〈剝蠶豆〉，說自己為了取悅丈夫而剝蠶豆。「……剝蠶豆雖屬簡單勞動，卻頗費工時，而且枯燥得令人昏昏欲睡。剝得多了纖纖玉指蒼黃，不知情的人瞧着是以為這女人煙癮頗大。叫人自憐的是有時還要加一道工序剝豆瓣，剝掉豆粒的外皮比剝掉豆殼辛苦，好一段時間手指老是隱隱作痛，且留不得蔥管指甲塗不得鳳仙花。」

那是為什麼？「當珠圓玉潤的煮豆剝滿兩大碗，估摸可供三口之家飽啖兩餐便洗手不幹了。舉頭望望，太陽已是大齡青年。」原來不為什麼，只因為這看似短暫的一生有時也似乎很悠長，因此煮菜做飯，好打發時光。

張愛玲在〈《太太萬歲》題記〉中這樣描述上海當年的家庭主婦：「主婦大概並不動手做飯，但有時候娘姨忙不過來，她也會坐在客堂裏的圓匾面前摘菜或剝辣椒。翠綠的燈籠椒，一切兩半，成為耳朵的式樣。然後掏過每一瓣裏面的籽與絲絲縷縷的綿花，耐心地，彷彿在給無數的小孩挖耳朵。」

耐心，是因為有無限的時間，就這樣在清理辣椒的過程中靜靜地流逝。

魚腸物語

星期三去唐人街的東方書局買《白香詞譜》；也是合該有事，路過肉食店，竟意外地看到了魚子和魚腸。我一時的興致來了，便要買回去偷試一番。魚子和魚腸都是鯇魚的，價錢十分便宜；其實這類下水平常都當垃圾扔掉了。魚子 $0.99（美金計算，下同）一磅，我看還有魚膏，便各樣買了一塊，共重 1.37 磅，計 $1.36。魚腸看起來龐然大物，肥圓的一大團，每副售 $0.5；我只打算要一副，但店老闆硬塞了給我三副，說是買二送一，只算 $1.00。這肉店老闆身穿白袍，白淨的容長臉孔，非常不耐煩地說：「一元五角的東西，省什麼？錢留下來開學校乎？」也不知道他哪裏來的這個想頭。我付款取貨，退下去深思魚腸和教育之間的神秘關係。

回家先把魚膏加薑蔥紹酒蒸了，澆上一點冬蔭油。誰知入口淡而無味，如嚼軟膠。我記得從前吃過的鯉魚膏，非常可口。其餘的往冰箱一送；哪裏有這個精神和時間去理它。一直到了第三天星期六下午和老伴喝完早茶回來，才立定主意去動手。那兩天之間也曾試過有把這兩包勞什子扔往垃圾桶的衝動，一了百了，因為開始明白做這類菜簡直是自找苦吃，但又本着人生天地之間什麼事情都得起碼試一次的精神，走往廚房把冰箱打開。一嗅還沒有異味，遂捲起衣袖操作。但見老伴靜坐廳堂看《包青天》。

已經五月下旬了，這水龍頭的水還是冰冷的，因此調為溫水來把這魚腸沖洗。拉扯魚腸之際赫然翻出了魚肝，油亮亮的赭紅色，叫人精神為之一振。我對各類肝食都有偏好。鵝肝自然好。魚肝也吃過一兩次，印象中頗為甘飴。把魚肝分出來放在碗中，魚膽小心剪掉，魚腸剪開，撕掉油膜，加入鹽和麵粉再三搓洗，再用白米醋略為泡浸，去除腥味。誰想一番清理之後，三副肥大的魚腸縮成小小的一碗。於是剪為小段，瀝乾水，用薑汁醃了，備用。魚肝也洗淨，用紙巾索乾水分，切細。三副魚腸弄好，已花掉了一個多小時。菜刀、剪刀、碗盤，還有我的一雙手，都染了一重泥腥之氣，足足用了半瓶洗潔精和一整卷的紙毛巾去清理；活像是謀殺之後小心翼翼地消滅罪證。各式廚具洗好抹乾放在通風的地方，以便散掉剩餘的氣味。簡直是無事忙。這時老伴下樓抽煙去了。

蒜頭去衣切成茸，蔥、芫荽切細，果皮泡軟，刮去內皮，切成細絲。用油把蒜茸、芫荽爆香了，倒入魚腸急炒，加紹酒；把炒香的魚腸撈出，去掉水分。這樣一來魚腸只剩下了那麼可憐的一撮；我想這一番操作又是為了什麼？再想下去就要興起生之徒勞的感嘆了。老伴雙手反剪背後，悄悄走過來瞄一瞄，又復走開。

六隻雞蛋打勻，倒入魚腸、魚肝、果皮、剩下的芫荽蔥和蒜茸，和剪成薄片的半條油炸鬼。（油炸鬼早一天在唐人街的永旺買的。餘下的半條簡直沒處容身，乾脆扔到垃圾桶裏去，眼不見為乾淨。）猛火蒸十分鐘，再送入烤箱烤二十分鐘。待端到桌上已經完全沒有了胃口。老是覺得手上和碟子那股腥氣，徘徊不散。無奈吃了幾調羹；即使加了點橄欖油和胡椒粉，還是食而不知其味。老伴勉為其難陪我吃了兩口。問老伴以前吃過否，她說從前阿嫂也做過這個菜；哪裏有我這樣人仰馬翻似的折騰大半天，慘過打仗。人家三兩下手勢搞掂，姿態流麗之至。問味道怎樣，她眨眼說相當好吃。看來冰箱的那塊剩下的魚子扔掉也就罷了。

我這道菜，如果由別人做好了給我吃，又會是另一番況味。法國的藝術奇才高克多（Jean Cocteau，一八八九－一九六三）拍成了美麗的《美女與野獸》（*La Belle et la Bête*，一九四六年）之後嘆道：「看此片徒令我想起拍片時所受到的諸般苦楚。」我對着這吃剩的半碟子魚腸蒸蛋，只覺得人生在世簡直沒有一件稱心如意的事，於是一股腦兒都倒進垃圾桶裏去，彷彿那才是一切的終極歸宿。

◌ 六十分鐘牛尾湯

在紐約的春季已經正式開始了的第八天，亦即是三月二十八日的下午，老伴告訴我說外面下雪了。我走近窗戶外望，果然有細如粉末的雪花徐徐從灰色的天空灑落，默然無聲，而行人道看上去還挺乾淨清爽。午飯剛剛吃過，碗筷亦清洗妥當，而家中的紅酒白酒都用光了；何不就冒着細雪前往附近的酒莊添置，且也是出外行食一趟，呼吸一點清涼新鮮空氣。買酒回家，途經南美肉食店，就忽然抽起了一條筋，要做牛尾湯。這裏有新鮮的牛尾，巧妙地包成一隻圓盤，中央有三塊粗大的，另外圍六、七塊細小的，肉色粉紅，還沒有因為久放而生出了血水，的確比急凍的優勝得多。買了兩包，共美金三十五元。一包牛尾就只有那三塊粗大的有吃頭，上面那明黃的肥膏尤其甘飴。另外又買了四塊豬排和六隻番茄。豬排留着吃，番茄卻是牛尾湯必備用料。至於其他的湯料，家中都是現成的，包括加拿大有機褐皮粗馬鈴薯，以及加州金衣大洋蔥。香茅倒是沒有，可以代之以月桂葉三片。至於西芹，既然沒有也就省掉，不必堅持；凡事隨機應變，做湯就地取材。

我的這個牛尾湯做做恐怕也有超過十年的經驗了，大約做過有二十次了吧，有時候是因為應節，有時候是因為興致來了。從來沒有看過食譜，全憑經驗和直覺而無師自通，竟然也並未曾試過失手。我並沒有做牛尾湯博士的野心，於是也就不打算去深究我這牛尾湯的精神面貌到底是接近蘇格蘭呢，還是遠離法蘭西。

牛尾湯的用料特多，單是那二十塊牛尾就能把一個普通大小的湯鍋填滿了，因此要用特大鍋。起初用高身不鏽鋼湯鍋，後來改用法國藍色搪瓷鑄鐵鍋。鑄鐵鍋的好處是聚熱，而且可以兼作炒鍋，洋蔥番茄放入用油炒了之後，就直接把出水洗淨的牛尾加進去共燉一鑊熟，倒省掉了一層另洗炒鍋的工夫。

實在記不起怎樣開始做起這個牛尾湯來的，只知道每一次做都有點不同。這一次我卻立意要做記錄，注明時刻。我在下午十二時四十七分開始動手削馬鈴薯，於下午一時五十分已經把杓子鑊鏟洗淨抹乾，全部操作過程四捨五入給它一個整數算是六十分鐘。這個湯的操作流程煩瑣複雜；我不徐不疾地用一小時完成，算是很及格的業餘速度了。首先馬鈴薯去皮切滾刀塊放在一碗清水中備用。洋蔥去衣切片，胡蘿蔔打皮切滾刀塊，番茄開水燙過去皮去籽去蒂切成八瓣，薑兩塊拍扁。牛尾放入開水中煮五分鐘再用冷水漂洗乾淨。燒滾油把薑炸至金黃，放入洋蔥翻炒至柔軟，加鹽和胡椒；把番茄亦放入共炒至成醬，然後紛紛倒進大大小小的牛尾，有如大珠小珠落玉盤似的；再加胡蘿蔔和玉桂葉子三片。櫥櫃內有肉豆蔻呢，平常很少用得着，就急忙磨了一茶匙的肉豆蔻粉加進去調調香味。只知道肉豆蔻味雖香而微毒，不宜過量。（老實說，牛尾湯做成之後，各種配料的濃味早把肉豆蔻的香味淹沒。）不用紅酒，只見廚櫃內悶坐着一瓶 Chateau Souverain，還是小兒自立門戶之前買的，今天就把它拉出來吧。把水松塞拔開一聞，味甚清香，可以一用；於是乎便匆匆把這酒加進去兩碗。另加清水三大湯碗，番茄膏一小罐調開，末了又順手把冰箱裏的小半隻檸檬連皮丟進鍋內，蓋子蓋上，猛火煮滾，再轉慢火細燉三小時，務必把牛尾燉至酥爛。馬鈴薯在最後一小時才放入，以免煮成爛糊，甚至燒焦黏鍋底。其實燉至最後的半小時，可以把火熄掉，利用餘溫把湯繼續燜煮，效果更好。也可以避免把湯煮得過度濃厚，甚至燒焦。

這一次的牛尾湯做得還算不錯。值得要注意的是以後這個番茄膏不放也罷，味道只有更為天然。牛尾倒是很快便給我和老伴解決掉了。那濃厚的湯用木杓子小心地舀起放入蓋碗冷藏。（小心是因為湯太濃，多少有點燒焦了，不要把黑焦也舀起，混入湯中。）這濃湯嫌厚嫌酸，可以在想吃的時候舀一勺子放入鍋中，加適量清水牛奶調均，便成可口的湯水，要比罐頭湯略勝一籌。

我的班戟

好端端的為什麼就在家中親自下廚動手做起班戟來了呢？

在回答這個問題之前，先說說什麼是班戟。小時候在街坊茶餐廳吃下午茶，第一次聽到大人叫克戟，好生奇怪，模糊地聯想到兵器和戰爭：想來這戰無不勝，攻無不克的克戟，到底是怎樣的一種茶點？一番懸疑之後，端上來的是一件圓圓扁扁，煎得金黃的鬆餅，厚約半吋，上面是一方半融化的牛油和透明的蜜糖。看着很飽滯的樣子，並不特別想吃。後來才知道克戟原來是hot cake的粵音翻譯。那麼班戟就是pancake了也。（班戟是香港風味的譯法：粵語拼音，分外傳神有趣。像的士和巴士，早已成為標準譯法。早年有一種把英文字的讀法用粵語拼音的小冊子，非常趣怪，像superintendent就注音為掃把連天陣，apostrophe便成為阿婆是肚肥。）克戟和班戟分別何在？真的是眾說紛紜，莫衷一是。我也並沒有寫班戟論文的志願。粗略來說，兩者屬於同一類型的餅食。有一種說法是班戟接近英國風味，偏薄，薄到極點，就成了法式薄餅（crêpe）。這薄如縐紗的小餅算是精緻點心，薄薄的黃色小餅捲着粉紅的玫瑰啫喱，上面灑點雪花也似的糖霜，不吃只看，也覺怡神。克戟偏厚，具有美國特色；老美吃起來兩三塊疊在一起齊上，很是嚇人；澆了往下流淌的奶油糖漿，真正是填肚粗食，但求充飢，莫論層次。克戟也好，班戟也罷，基本成分不出麵粉、泡打粉（baking powder）、（注意：是baking powder，不是baking soda。）糖、鹽、牛油、牛奶和雞蛋。其他如窩夫（waffle）和煎餅（flapjack），用料也大同小異；如果做法式薄餅的話，就得去掉了泡打粉。如果廣義地來說，那世界各地皆有其本身具有特色的班戟。如韓國的蠔餅、泰國的香蕉餅，以及咱們中國的蔥油餅，都可以籠統地歸納為班戟類。至於我的班戟，則介乎英國風味和美國特色之間，純屬自由創作。

北美洲這個冬天奇寒苦冷，破了二十年的紀錄，連尼加拉瓜瀑布也結成了一座冰山，可供無事忙的冒險家攀爬頂峰，登上頭條。我這邊廂人在紐約，則早有準備，四出採糧，充實食櫥，閒閒地可以一頭半個月足不出戶，安坐家中，而有足夠的材料供我烹調出頗為像樣的一日三餐兼下午茶點。正如米開蘭基羅為了繪畫西斯汀天花板創世紀壁畫而搜尋珍貴罕見的顏料，我亦按部就班地採集下午茶點的各種食材用料：西冷紅茶、巴西咖啡、有機麵粉、無鹽牛油、走地雞蛋、全脂牛奶、雲呢拿油、檸檬果醬；該現買的現買，該郵購的便郵購；待各式材料俱全之際，便夷然地向老伴宣布班戟下午茶是日正式開始。

一般班戟的用料是：麵粉一杯半、泡打粉三茶匙、鹽一茶匙、糖一湯匙、牛奶一杯半、雞蛋一隻、牛油三湯匙。我嘗試用這個食譜做成的班戟，吃起來嫌厚重粗糙，經過多次實驗之後，用料改為：麵粉一杯、泡打粉三茶匙、鹽四分一茶匙、糖一湯匙、牛奶一杯、雞蛋一隻、牛油四湯匙。我是一代名廚 Julia Child 的忠實信徒；她的為食格言是：只要牛油足，萬事成口福。大家看得出來，麵粉減少，牛油增添。這樣做成的班戟口感就較為細滑香脆。這樣調成的麵粉漿較為稀，要用中火慢煎待凝固定了，才用鑊子將之翻向另外一面，那一下翻動要快而準。有人能夠待一面煎熟了，運用腕力把煎鍋一抖，將班戟翻至半空打個觔斗，以另外一面跌落鍋中再煎，正如 Christina Rossetti 的小詩所描述的情景：

Mix a pancake,
Stir a pancake,
Pop it in the pan;
Fry the pancake,
Toss the pancake ——
Catch it if you can.

這的確是非常漂亮的姿態，可惜我辦不到。

有時候我會在班戟麵粉漿裏面加少許雲呢拿香油，又或者是磨成茸的檸檬皮。吃時塗上果醬。

我的獅子頭

老伴耍樂完畢，前往唐人街接她，順道就在喬家柵吃晚飯。隨便點了幾樣，包括小籠包、粗炒麵，又一時的興致，叫了個沙鍋獅子頭。早就知道紐約唐人街的中國菜沒水準，而一般廣東菜卻又要比蘇浙菜好一點。但這獅子頭還是叫我震驚不已。用醬油燒得黑不溜秋、鹹得發苦且不去論它，只是用筷子把那獅子頭去拆開，竟然韌得如同橡皮。我想劣等菜這已經是極致，充分表現出廚子對食客品味的低下有絕對的信心。放眼四周，在座的中外食客果然都在據案大嚼，甘之如飴。以後也不用再存幻想。即使鹿鳴春的上海菜也是醬油氾濫，沒的玷辱了好名字。只有一次和老伴在看醫生之後路經在法拉盛的一家名叫上海灘的館子，便進去姑且一試；那兒的獅子頭居然還像樣，還有點鬆化彈牙。牆壁上掛滿了懷舊的黑白照片，其中赫然有杜月笙。我想這上海灘的店主有點意思，付帳時向夥計誇獎兩句，誰想那口操上海話的夥計一臉死相，默然不語。我和老伴於是靜靜離開。

在館子吃的獅子頭總是紅燒，兩年前大妹妹請我在香港的蘇浙會所吃的也是紅燒，配小白菜，味道當然比紐約的要優勝得多。從小在家吃的也是這個做法。後來回家鄉揚州一遊，天天吃館子，天天有獅子頭，卻全部一式清燉，盛在白瓷碗內，鮮嫩清香，美不可言。回家之後有好一陣子也學着做，效果差強人意，主要是買不到好的絞豬肉。運氣差的話，那肉煮成了味道和豆腐渣沒有兩樣，白花一場心血。

我做獅子頭，工夫一大堆。單是配料白菜兩斤便要洗半天。菜葉梗一片片摘下用水龍頭的活水把梗端的細沙沖洗掉，再放在大盆子用水泡浸兩三過，讓剩餘的細沙沉底。沒有比吃菜吃着沙子更不愉快的事情了。弄一樣菜連採購到做成，竟得一天的工夫。做獅子頭的那一天的時光是在所不計，不用惋惜的了。

怪不得英國電視劇 *Downton Abbey* 裏面的莊園主人一家五口有大群下人待候。他們一天的吃喝自是精緻淘氣到極點，廚子男僕全天候工作，就為的讓他們伯爵一家的一頓飯吃得舒服熨貼，不能稍有差池。上菜的男僕高度不可超過六呎二吋，不然的話主人用叉子取托盤上的菜不就手。男僕又不能替主人把托盤的菜搛到碟子上，因為那是外頭酒店的作風，難登大雅之堂，莊園不取。即使規矩那麼嚴謹，還是有下面出了岔子而上頭懵然不覺的時刻。有一次莊園請客，下面廚房正弄得個人仰馬翻，忙亂間一隻烤雞咚的一聲翻跌地上，馬上有大貓來拖。廚子把貓口中奪下的美食放回桌上，用布揩抹之後，仍舊送上去。這給我很大的感觸。想來在現實中，莊園貴族遭這樣的劫數而渾然不覺亦並非是不可能發生的事。試看《紅樓夢》中，寶玉何等矜貴。一次劉姥姥醉後誤闖怡紅院，躺在寶玉的牀上放屁睡覺。忠心侍奉寶玉的大丫鬟襲人還不是照樣偷偷地把這事瞞過去了。

我這裏一心一意把巴西薑去皮，剁成茸；蔥洗淨，切成細細的蔥花（那天在日本館子吃了個美味的金槍魚手卷，那切得幼細如絲的蔥花功不可沒。唐人街粥麵檔的蔥花一般都切得粗蠢不堪，入口如吃豆粒，哪裏有蔥花的意思。）；芫荽洗淨，也細細切好備用。石榴粒子的肥肉配細剁的精肉卻是奢求，馬馬虎虎用現成的絞碎肉將就將就。把所有配料倒入，加酒加胡椒粉，攪拌均勻。有人喜歡加雞蛋豆粉，做成的獅子頭反而不夠鬆化。不加鹽是因為稍後用醬油，免得太鹹。

把攪拌肉拍打搓成拳頭大的丸子，放在油鍋中細火慢慢煎成一層金黃，再放入鋪上白菜的沙鍋中，上面又再鋪一層白菜，加適量醬油，加蓋用慢火燉兩小時。燉的時候已經香氣撲鼻，燉成的獅子頭既鬆化又彈牙，質感上佳。可以放心吃。

◯ 我的茶葉蛋

我做茶葉蛋總得在秋涼之際，單是這一點就和傳統背道而馳；中國民間做茶葉蛋的日子是在立夏，這裏面有個緣故。據《西湖游覽志》的記載，蘇、錫、杭等農村地區，每到立夏，家家都要向七戶鄰居乞討陳年老茶葉，混在一起用木炭燒「七家茶」，給孩子喝了可以「化疰夏之疾」。立夏一般在農曆四月，剛巧又是雞蛋的旺季，「四月雞蛋賤如茶」知慳識儉的農婦把雞蛋放入孩子喝剩的七家茶中共煮，給小孩吃，也可以防各種暑症熱疾。

替東拼西湊的雜牌嘜茶葉起個漂亮的名字曰「七家茶」，是中國民間精神本色：苦中作樂，文化昇華。而這七家茶葉蛋也是農家巧婦趁天時地利調製出來的小兒食療。

誰想後來漸漸地隨着時日演變，幻化成千姿百態，改良精製的各式茶葉蛋出來。二十世紀三十年代，浦江兩岸的小販在茶葉中加上茴香、八角、桂皮等物和蛋共煮，在街頭叫賣「五香茶葉蛋」。除了茴香、桂皮、八角之外，也有在醬油中再添加丁香、蔗糖、枸杞、甘薑等輔料，愈多愈高興。簡單流麗的有《清稗類鈔》裏面的「煮茶葉蛋」：「茶葉蛋者，以雞蛋百個、鹽一両、粗茶葉煮至兩枝線香燃盡而止。」話是簡單的一句，內裏卻另有文章。單是這「兩枝線香燃盡」需時多少便異常神秘，耐人尋味，有待考證。這粗茶是什麼茶？要不要加水？還是鹽焗乾燒，別具風味？

《寧波家常菜》（徐秉潮著，二〇〇七年）裏有茶葉蛋條：「立夏，第三度茶葉亦上市，老茶葉無處推銷，我們的祖先就動出腦筋，用剩茶煮蛋吃，別有風味。另外，蛋亦如此，立夏前是家禽產卵旺季，天熱易變質，故有此法：蛋洗淨，放冷水燒開，加大茴香、茶葉、茶樹根、陳皮、鹽、醬色、桂皮，用小火焗一夜或用中火煮三小時以上，趁熱蘸細鹽吃，味道特好。」這裏面依然繼承了民間惜物節儉的精神，亦肯定了茶葉蛋和立夏不可分割的關係。用料之中比較引起我興趣的是茶樹根。哪裏去找？煮法提供了兩種，我用的正是「小火焗一夜」，比較入味。關鍵性的用料茶葉亦只是「粗茶」，似乎不甚在意，和《清稗類鈔》中的如出一轍。這裏間透露的真正消息乃是庶民的清苦。即使如今的一些食譜中的茶葉蛋條，亦坦然曰「凡是泡過的各種茶葉茶渣都可以用來煮茶葉蛋，經濟實惠」云云。街頭小販的茶葉蛋，也只好如此，難道用凍頂佛手烏龍麼？

煮茶葉蛋的茶一般都用紅茶。紅茶茶味比較濃，可以攀越各種香料而依然散發自身的榮耀。如果用龍井天梨等綠茶，被各種香料淹沒了，根本沒法顯出茶香茶色茶味，沒的糟塌了好茶。唐魯孫在〈煮五香茶葉蛋秘訣〉中說用紅茶，「紅茶最好用花蓮鶴岡茶場產製的紅茶……鶴岡紅茶色淺味淡，久煮色不變黑，味不變苦。」一文中又說：「碎茶茶末，喝完了的茶葉，用來煮茶葉蛋都會影響風味的。」這我舉腳贊成。我煮茶葉蛋用的是陳年普洱。

超現實畫家達里（Dali）在《嘉拉的盛宴》（一九七三年）裏提供了一式「千年蛋」菜譜：「首先，在水中加鹽，然後把蛋煮十分鐘，取出，過冷水，剝殼，在水中加丁香、白糖、醋、辣椒油、檸檬和百里香。把蛋放進去煮十五分鐘，熄火，加入茶包，再過十分鐘，將一切放入大瓶內，加入切碎的洋蔥和大蒜，然後放入冰箱。耐心等一個星期之後，便可開瓶取蛋上碟。這個千年蛋配凍肉或魚最好吃。」真是一派胡言。千年蛋本是洋人給皮蛋的別稱。達里的這個千年蛋卻不倫不類，只有用料中的茶包替這蛋沾上了一點茶葉蛋的邊。

我的茶葉蛋之所以選擇在秋天烹製，是因為需時兩天一夜，在夏日裏更加顯得煙燎火氣的。即使在涼如水的秋日裏，那香氣還是繞樑三日不散。我這邊廂在樓下大展煉金幻術，女兒卻早已聞香下樓，先嘗蛋味。我用的煮蛋材料有醬油、花雕、片糖、八角、薑蔥、芫荽。蛋煮熟之後細細把蛋殼敲裂，放入鹵汁中，共煮兩小時，再用極細火煱一夜。把蛋取出，放入陳年普洱泡的茶湯之中浸兩小時。吃時剝殼，蛋白上呈現靈動的冰裂紋，蛋色瑩潤，茶香特濃。對半切開，放在小瓷碟中，略撒椒鹽。吃時配一杯清茶。

小吃三味

・燻蛋初嘗試

老伴因為健康的緣故終於在一年前戒了煙；我自己對吸煙更是一無興趣，只是在從前看老伴吸得入神之際，會把火紅如花的煙蒂從她手中搶過來，學她的模樣深深地一索，然後又徐徐噴出，逗着她玩玩。雖然不吸煙，但是我對煙燻的食品卻頗為喜愛。東洋人有煙燻芝麻和煙燻醬油，在食物精品店偶然遇到了總會買回去，小小的一包，巧緻的瓶子，在吃沙律和豬腸粉的時候，來個調味的畫龍點睛，把進食的境界提升。當然還有燻蛋。八十年代我還在香港，何錦玲和蔣芸她們在蘇浙會所請客，我亦湊上一腳，在席上喜見此公，一剖兩半，露出澄黃的溏心，幽幽的茗煙香氣，最能引起遐想。

何錦玲老是命侍者把燻蛋打包：「給杜杜拿回去；杜杜家裏人口多。」

想自己動手做燻蛋想了三十年，終於在十月初試做了一次。買了半打鮮鴨蛋（不宜多吃），放在冷水中煮至水沸，熄火，讓蛋在熱水中再泡五分鐘。結果鴨蛋黃果然成為半生熟狀態，只是蛋黃的邊緣已經給煮成粉狀，而蛋黃中心沒有呈現理想的半流質的溏心。下一回泡蛋的時間自當酌減為三分鐘。把蛋在冰水中泡十五分鐘。鴨蛋殼比雞蛋殼厚，剝的時候也較困難，熟了的蛋白黏在殼上，剝了殼的蛋便凹凹凸凸的不漂亮了。再做的話，要把熟鴨蛋在冰水中泡的時間再加長至半小時。燻蛋的材料用現成的：白砂糖、黃糙米，還有就是烏龍茶。把那隻巨大的 Staub 鐵鍋翻出來，在鍋底鋪妥錫紙，在上面平鋪燻料，再在燻料上放鐵架。加蓋用大火把燻料煮至冒出白煙，開蓋，把剝殼鴨蛋鋪在鐵架上，改為細火把蛋燻三分鐘。這個燻蛋老伴一連吃了三天，每天一隻，當下午茶。她說不錯。燻蛋的時間看各人口味。我認為煙味宜淡不宜濃，若有若無之間，最為神秘。下一回再做的話，會改用切碎的紅片糖和普通的西冷紅茶。

豬脷安得撕

這一晌老伴的早餐是無味白粥一碗配半條牛脷酥。她就是愛吃牛脷酥中間卜卜脆的糖塊。我倒想起來要吃豬舌頭。廣東人只管把豬舌頭叫做豬脷，因為忌諱豬舌的「舌」和「蝕」諧音，偏要叫豬脷。基於同樣的緣故，廣東人把豬肝（諧音「輸乾」）叫做豬膶。豬脷和牛脷一樣，最忌煮得太酥太爛，火路要掌握得準，煮成的豬脷柔韌適度。通常我用鹽、胡椒粉、八角、芫荽和紹興酒把豬脷醃漬，放在冰箱裏鎮三兩天取出，砂鍋加水，用細火燉煮五十分鐘，熄火，再焖十五分鐘便成。取出略為冷卻，切片上碟。弄豬脷的一大難題是豬脷外面的那一層白膜。有食譜建議先把豬脷放在水中煮五分鐘，然後用刀把白膜刮去。其實哪裏刮得掉。牛脷的那層膜厚硬如殼，牛脷煮熟之後趁熱用手一撕，膜便一下子撕得乾乾淨淨。豬脷的一層膜很麻煩，不去掉硬硬的一層影響口感，撕又撕不掉；我的方法是把豬脷當作一隻形狀特異的梨子，用刀細細地把那層膜削果皮似的削乾淨。如果入廚老手有更好的方法，請告訴我。

•雞湯用竹絲

雞湯下麵比較簡便。吃了兩三次有點厭倦了；這就想起了竹絲雞。竹絲雞真是漂亮的生物，通體光潔的羽毛如同珍珠，把毛去掉了是烏黑的皮；沒有太多的脂肪，所以連皮放進沙鍋煮湯，只要把雞屁股那裏雪花膏也似的一塊雞油去掉。煮成的湯也要比普通活殺雞煮的更為清鮮。配料很簡單，有時候是淮山，有時候是猴頭菇，有時候是花旗參。把湯上面的一點浮油去掉，下麵吃，配一碟子奶油白菜。我看着老伴吃：「年輕的時候不會照顧別人，如今才學懂了雞湯用竹絲。」老伴說：「有心唔怕遲。」

∽ 健康飲食

老伴血糖高——實話實說了吧：老伴有糖尿病。這一向總是陪她看醫生，腦科、腎科、眼科、腳科、內分泌科；此外還有電腦掃描、X光、物理治療；一樣一樣排期排得密密麻麻，有條不紊。每天出出入入的，她總是拉着我的手，兩人的感情忽然有了名目和依歸。一星期的藥都用塑膠planner放得停停當當，粉紅的、蔚藍的、菊花黃的；早上的、餐前的、飯後的，還有每周一次的膠囊維他命D。每次都得檢查，看她有沒有漏掉了吃。

意外收穫是看到了醫生群像。有的脾氣好，有耐性。有一兩個女的很臭，非常沒有禮貌，也不尊重病人，簡直不能向她發問。這種輕視病人的醫生原以為只出現在五六十年代香港的公立醫院，誰想還在紐約華人社會中看到此等嘴臉。幸好我按捺着：這不是意氣用事的時候：身邊有個病人呢。只在事後無聲無息地換醫生。那種望聞問切的醫生還真是鳳毛麟角；一般都是公事公辦把場面工夫做足便算不錯了。老實說，醫生的話也不是聖旨，還得加上自己的調查和觀察。這個藥有什麼功效，又有什麼副作用，自己上網查看。不肯定的地方要問，多問人作參考，然後小心行事，做老伴的忠心而嚴格的護理。

我終於學會了替老伴每天按時驗血糖的度數。那一點點指頭的血，漸漸習以為常：十隻手指輪流篤，血糖高低有紀錄。能看到了老伴的血糖度數是一大突破。那是個進食的指標。血糖低了，必須加添；血糖高了，要斟酌減少。哪一次餐後血糖剛剛好，便記住吃了些什麼，什麼份量，以後以此為準。飲食和運動是控制血糖的兩大要素，當然也要配合藥療。進食之後一定拉着她散步，即使在室內來回走動也是好的。

吃是一大命題。從前那種快快樂樂無憂無慮亂吃一通的日子是一去不回頭了。食譜的一大原則是一多三少：多的是蔬菜，少的是鹽、糖和油。說時容易做時難，皆因為她是個活生生有自由意志的個體。我在Whole Foods買回來的白煮三文魚她沒眼睛看，小飯館的魚頭米粉卻吃得津津有味，連魚骨都吮得乾乾淨淨。早餐一片麵包，薄薄的一層花生醬，再配白開水。如果吃麥片便不能再喝無糖豆漿了。中飯時候到了，她說不肚餓。一下子乘我不覺，偷偷在廚房大興土木，用雞蛋牛油煎西多士，再配一大杯橙汁。我說老婆我知道你唔怕死，而且反正人皆有死，不過最怕死唔去。

於是嚴厲執行少食多餐的進食法，盡量保持血糖的平穩。早上起來先測血糖，一看是一百二十六，不錯。餐後是一百二十七。真是保持得漂亮。午飯前後是一百一十八和一百四十四，那是有點失誤了，多半是因為多喝了四安士的果汁。午餐吃白煮毛豆，炒番茄，一塊烤得七成熟的金槍魚，配點extra virgin olive oil和檸檬汁，對我來說真是鮮美不可言，老伴卻還是吃不慣。偶然可以來點炒蛋，配點蔥炒得香噴噴，配兩塊白煮淮山，代替米飯。

餐與餐之間可以略吃一點，說不定是一兩塊梳打餅，或是如如園中種的無花果。晚飯炒苦瓜牛肉。苦瓜茶和普洱茶是常備的飲品。營養師說苦瓜已經證實對治糖尿病有功效。待我明天翻翻食譜，看有什麼好玩有趣的苦瓜菜式。我說老婆老婆你莫生氣，每周一次和你放鬆一下，外出吃你最喜歡的打鹵麵，不過只限吃一小碗。小籠包可以吃一隻。事後切記要喝普洱茶。

◎ 洋蔥的啟示

做菜就先得買菜；買菜講究新鮮衛生和有機，就少不得舟車勞頓，穿山過海地四出採購。在紐約市的冬天幹此等營生亦非等閒之事，我又並非就是唐頓莊園的莊主，凡事有僕從代勞，故此每次出動之前必須周詳計劃菜式的配搭和小心計算材料的份量，盡可能多買一點，務求減少出門的次數。只是這樣一來，望着堆滿冰箱裏的蔬菜和魚肉，便逼切地想要快點把這羊排調醬烤掉，趁早把這絲瓜和金針雲耳清炒成素，及時將這山水嫩豆腐拌以蒜茸皮蛋佐粥下飯。洋人話齋：As you make your bed, so you must lie on it。早曉得不買也就不用失魂落魄地趕着煮了；說是自作自受也可以，不過做人歸根究底就是一場無事煩惱。快點做快點吃遲了就來不及了；但凡是存在於時間和空間的一切，不論有機無機，有命無運，盡皆大限難逃，躲不過轉變、分解，和羽化的過程。英國小說大家湯馬斯哈代（Thomas Hardy，一八四〇－一九二八）在《德伯家的苔絲》（*Tess of the d'Urbervilles*，一八九一年）裏面有這樣的話：咱們寄居的地球也只不過是一隻在太空旋轉的爛蘋果而已。這話可能是有些說過了頭，而且哈代是公認了的徹頭徹尾的悲觀主義者。不過再樂觀也否定不了凡物皆腐的定律；正如沙劇《辛白林》裏面的基特律斯所言：「販夫走卒歸塵土，金童玉女亦難逃。」（Golden lads and girls all must,/ As chimney-sweepers, come to dust.）即使是埃及的法老王，管他是雷吉德夫還是烏瑟卡夫，管他如何千方百計地經營身後事，建造宏偉的獅身人面像還是太陽神廟宇，管他怎樣的尊貴榮華，以堆山積海的金器陪葬，終歸還是成為一條鹹魚也似的木乃伊。

旁的不論，單只是冰箱裏的兩隻金色洋蔥也叫我低迴思量。三月二十日在曼赫頓的 Whole Foods 叮叮咚咚的買了大袋細袋的有機農作物回家，到了四月十二日還剩下兩隻洋蔥，是預早計劃了留下用來炒牛肉的。可憐這雙活寶貝前後在廚房挨冷板凳枯候二十三天，眼見別的同伴早已陪同牛尾一起求仁得仁，成了濃羹，而自己卻依然不得其所，日漸憔悴；我瞧着心焦也於事無補，因為總得把較為嬌嫩的番茄菠菜先解決了。好了這天早上終於輪到他們了，從蔬果箱中取出一看，其中一隻已經長出了兩三吋的綠芽，剝去金衣一看，部分已呈腐爛；看了心中發毛，慌忙將之往垃圾桶中一丟，眼不見為乾淨。餘下的一隻還可以用；將就一下，還是可以做成一道洋蔥偏少的洋蔥炒牛肉。怕只怕再也沒有胃口吃進肚子裏面去，因為那隻腐爛發芽的金衣洋蔥印在我的腦海中浮現繞旋，揮之不去；這隻死亡和生命在它身上同步進行的洋蔥叫我想起了童年時代發生的一事件：我總喜歡在每年春天用個扁鐵盒子養蠶蟲，觀察牠們吃桑葉，轉透明，吐蠶絲，變飛蛾，非常的興致入迷。有一年卻出了事故。一天把鐵盒打開，只見蠶蟲身上爬滿了螞蟻，被咬得青紫斑爛，卻依然在掙扎蠕動，看得我汗毛倒豎，連忙連蟲帶盒將之丟到天不吐，以後再也不玩養蠶了。

以色列人出埃及之後，在曠野流浪缺糧，遂口出怨言，於是耶和華天降美祿，是謂嗎哪。嗎哪潔白如霜，圓似珍珠，味像新油，可口充飢，但是只限即日食用，隔宿貯存則會生蟲變臭。放眼看我努力經營出來的滿廚青菜紅肉，其實不外嗎哪。正是：陳絲如爛草，人參轉為灰。我看嚴冬已經過去，我和老伴以後的日用食糧也要轉為清簡，再也不要堆積世間財物，因為一切都只是偉大的捕風捉影，徒勞無功。

∽ 冬天的故事

喉嚨發炎兩星期之後才騰出了時間去看宋醫生。宋醫生脾氣好，有耐性。她給我開了一劑五天的消炎藥，吃了果然好了。只是今天早上起來喉嚨還是有點不清，遂翻出了兩年前的一罐天梨雪茶；擱置在那裏一直沒有閒情享用。按理是過期了，但過期的茶也有它的一種吃法。用楓葉紫砂壺泡了來吃，居然還很醇厚爽滑，叫人兩頰生津。操勞歸操勞，我想這一點享受是不為過的。那天做玉米雞蓉湯，磨玉米磨得左手痠軟，但是想起晚飯後能夠一人在房中靜喝薄荷奶茶，便精神為之一振。

電視肥皂劇集《唐頓莊園》（*Downton Abbey*）裏面的莊園主人伯爵一家五口的起居飲食，有一大班底下人照應，一絲不苟。餐桌上的餐具放置位置用尺來界定，人客要吃的甜品Apple Charlotte要預先安排。主人的一份早報要用熨斗熨一遍，這樣看起來就不會看得一手油墨了。三四個穿白裙的女傭每天早上鋪牀疊被拍枕頭，連茜貝的高腳玻璃曲奇罐也揩抹得一塵不染，晶光燦爛。不過看過《紅樓夢》的知道這還不算十分架勢：寶玉連喝湯也有丫鬟預先替他輕輕吹一吹，不會把唾沫星子吹進湯內。（相信洋人還是會嫌這不合衛生。）

我當然還沒有到這個地步，但並不羞於承認喜歡過井井有條的生活。我雖然喜歡珍奧斯汀（Jane Austen）小說世界的巧緻，但是對裏面人物追求舒適安逸的生活總是情不自禁地起反感。其間的原因要在我遇上了愛爾蘭籍的瑪利才真相大白。有一天我說我的理想生活是珍奧斯汀世界裏的鄉紳生活。瑪利眉毛一場：「哦，真的？殘害剝削我祖先的，正是這些人。」

俄國文豪托爾斯泰（Leo Tolstoy）的態度還要嚴厲。在他的短篇〈伊凡之死〉裏面，伊凡是個法院高官，一生刻意經營仕途，追求舒適美好的生活，做事做人按部就班，不感情用事。按道理，這樣的一個人還不至於像英國迫害愛爾蘭那樣傷天害理，但是托爾斯泰對於這樣的人生態度還是很不贊成的。伊凡後來患絕症而死。照托爾斯泰的意思，這樣的一種人本質上依然是自私自利，毫不足取。愛爾蘭詩人葉慈（William Butler Yeats）曾說過：「日常起居，自有下人代我們安排。」只是這一句話便使我替他慚愧。我想我的追求安穩寧靜又不一樣：凡事親力親為，不假人手。想來是不必抱歉的。

這個冬天我立定了主意把睡房再佈置一下。其實也沒有什麼大不了。先在案頭添置了一具三公升的肥白電暖水壺，這就成了我的夜半近水樓台。冬夜裏醒來覺得口乾，不需再瑟縮着走到山長水遠的廚房裏去，也不必再夢想像《唐頓莊園》裏的伯爵那般扯鈴喚僕，只消在房中摸黑按鈕，便有熱水源源供應。泡起來也比較得心應手。曾經想買一座英國骨瓷點燭暖壺小爐，可以把茶壺放在上面保溫。但是這多少有點危險。後來找到了一個電暖杯器，非常的方便實用。熱度適中能保暖。寫稿寫得倦了，方才想起那杯久放一邊的茶，還是暖呼呼的。

房中不單止盡量不開暖氣，每日清晨還把窗戶打開疏通疏通。電氈亦不用，因為乾燥。於是復古用暖水袋，睡前放進被窩。睡的時候放在腳上，像一隻貓。翌日早上還帶微溫。我想起許多年以前告訴老伴說想養貓，老伴說：「好呀。貓晚上和你大被同眠，比暖水袋強多了。」還有一樣是個竹製的焙茶機，放在牀頭。裏面放些桂花或者普洱，慢慢焙出了令人愉悅的茶香。夜裏一切工作完成，我想我可以偷偷地躲在壺中天地，看一部雲遜柏拉斯主演的恐怖片鬆弛神經，順便吃些茶點。我這樣照顧自己，不單是為了因此能夠照顧別人，也是為了不必被人照顧，因此還是比較怡然自得的，雖然還隱隱的帶點心虛。此其時也，（沒錯，尊貴的讀者諸君，我那滑稽的打油詩又來了。）正是：

圓圓曲奇像月亮，薄荷奶茶散芬芳。莫怨浮生多煩惱，更有壺中日月長。

吃的安慰

天山雪菊

家中有個病人，無疑開闢了另一個新奇的飲食天地。

聽說從前上海有個裁縫患了肺病，誤信江湖術士之言，認定人肉能治肺病，用糖果把無知幼童騙引回家，用現成的工具操作，把肉一片片割切下來用瓶子裝置好了，閒時取一兩片出來吃。後來事敗，從他家中地板之下起出了多副小童骸骨。也有患了絕症的病篤亂吃藥，吃到後來漸入佳境，把貓頭割下來燉汁吃。

父親的護理芳名春回，我只管稱她回姨。她風聞老伴糖尿病，非常熱烈地用她的鄉音向我推薦：「用桐樹針葉泡茶喝最有效，要野生的。」我聽了半天才弄清楚，她說的其實是松樹。忽然之間似乎吃什麼都可以治糖尿病，而回姨有這麼現成的一個好名字，叫人真的願意相信她。連李時珍在《本草綱目》中亦明言松針可以「強五臟，延年益壽」。只是人在紐約，一下子又去哪裏找野生的老松樹呢？

也有說印度苦瓜早就證實了對治糖尿病有神效，因此又買回來打汁給老伴喝。又用來煮排骨湯；那一段段嶙峋的深綠苦瓜浮在湯中。我問老伴那看上去像什麼，她果然道：「像鱷魚。」一下子又聽說淮山杞子都是好的，忽然又聽見有患了糖尿病三十年的女士，長久以來用紫心番薯當飯吃，得保健康，一直活到如今。因此又吃了好一陣子紫心番薯。只是這血糖的指數似無定風向，完全捉不到用神。最近去芳茗軒看看，卻又看到了天山雪菊，價錢相當，聽說對降血糖血脂皆有神效，少不免又捧了一盒子回去。

這雪菊野生於天山崑崙山北麓海拔三千米之隅，與雪蓮為伍，與蟲草為伴，花期短暫，只在八月綻放一次，身價不菲。曾一度炒至萬元人民幣一斤。後來大量人工培植，供過於求，身價大跌。不過真正野生的天山雪菊還是值錢的。我自己把買回來的雪菊檢看一番，顏色較深，呈金黃色，香氣撲鼻，該是真品。取來泡茶，一片絳紅，氣味不俗。和老伴喝了好幾天，一下子又希望在人間。

只是不知道下一回又有什麼好的找尋上門。

• **豆沙軟餅**

照顧一個人真的很累，主要是她也是個有主見有自由的個體。幸好我在這憂患之時光找到了我的 comfort food，那就是豆沙軟餅。敦城茶樓只在周末才有。連那裏賣點心的大姊也同意說好吃，主要是粘米粉和糯米粉的比例拿得準，包好豆沙，做成細小圓餅，先蒸後煎，上面略灑芝麻。入口彈牙，軟糯適度，非常之受用。從此每一次都多買兩碟帶回家放在冰箱。想吃的時候取一件出來蒸熱了，一樣軟糯瑩潤。千萬別用微波爐，那味道就差勁得多了。

一次去看眼科醫生，雖然預約，到了還是等。等等肚子餓了，用普通話問那工作的女孩還要多久，她翻眼道：「I don't speak Chinese.」我的火一下子來了：「You don't speak Chinese. Big deal!」女孩給我嚇住了。我也不管，這就跑去敦城叫了兩盒子豆沙軟餅暫且充飢。重回眼科醫務所，裏面的姑娘說這裏不能進食。我獨自在室內等待醫生，諒他也不會立即出現，偏偏就吃了兩件豆沙軟餅，無人覺察。從來也沒吃得這樣的稱心如意。

家廚的手

你說我的一雙手有欠靈活，我還真的有點不服氣。旁的不論，如今單是泡在廚房一整個早上操作，削洋山芋，刨胡蘿蔔，剁五花肉，撕豬舌頭，榨檸檬汁，揀韭菜花，砍鯇魚尾，斬大南瓜，灑海鹽花，拌嫩豆腐，靠的全是這雙秀才一般人品的蔥根手。從來也沒有自憐自嘆的心思和意願；真正是君子無入而不自得。咱們這雙可靠的好朋友，可以炒菜，不覺淪落，因為做菜亦是創作；可以寫稿，不見抬舉，因為寫稿不外乎謀生。兩樣看似毫不相干而骨子裏實一脈相承的活兒同樣可以叫我興致勃勃，全面投入；時光於是乎在不知不覺之間流逝去了。每天下午四點，老伴午睡初醒，又是咖啡時間了也。正如亨利占姆士這個老美惺惺作態學着英國紳士口吻話齋：「機緣際會，人生之中能夠比下午茶這儀式更適意的時光實在並不多見。」能夠說這風涼水冷的曬命話，自然是莊園地主之流的有閒階級。適意的當然是指靜坐園中喝下午茶的那一個，做下午茶的那一位卻通常比較緊張，為奶油蛋糕和西冷紅茶而忙得撲來撲去，像隻受驚的小鳥似的。像我這樣既是做茶的又是喝茶的，雙重身份兼備，盡得緊張和適意的風流；說是像受驚的小鳥倒又未必，事實上我往往還自覺這一對手靈巧如同燕子，往還飛翔於士多爐和咖啡壺之間而悠然自得，從來沒有試過斷羽折翅。這時間上的掌握還真的需要一點技巧：這邊廂在沖咖啡，那邊廂麵包要剛剛烤得呈現金黃；咖啡奉上之際，香橙果醬麵包還是熱呼呼的躺在羅臣科描金碟子之上，這才叫人把這一頓下午茶喝得稱心如意，可口樂胃。

代價當然是免不了的。一天三頓再加上這個下午茶，就足夠我忙碌一整天：吃前的烹飪和吃後的清洗，就構成了幾乎是連續不斷的操作。真正是日子有功，一年下來，雙手變得粗糙了，而且永遠有一兩處破損的地方，卻又不是刀傷火灼，因為從來沒有覺得有出錯，只好視之為廚房中的神秘事件，不可說，沒來由。就像生命中許多大小事情，不知怎的，忽然之間就已經成了事實。你說我好端端的怎麼如今甘心情願做了老伴的護理而且樂在其中，立時三刻我還真的無法把來龍去脈交代清楚。只道是人生天地之間，有時候免不了要照顧照顧別人。再說得功利主義一點，照顧別人總勝於被人照顧；既然施比受更為有福，那當然要選擇做更有福的那一個，如果在這種事情上頭還會有所選擇的話。

張愛玲在〈燼餘錄〉中說及一個安南青年，「在同學之中是個有點小小名氣的畫家。他抱怨說戰後他筆下的線條不那麼有力了，因為自己動手做菜，累壞了臂膀。因之我們每看見他炸茄子，（他只會做一樣炸茄子）總覺得淒慘萬分。」做菜影響作畫的實例這在我還是第一次聽到。好些藝術家都喜歡親自下廚，一顯身手，以示自己另有一功。聞說有一次張大千不滿酒樓做的菜，即場下廚把菜加工再炒一遍上碟。約翰連儂作曲之餘喜歡烘麵包招呼朋友。不過偶一為之的下廚不足以構成損害。畫花生漫畫的舒爾茲老年患病，手部顫抖，畫的線條反而別具韻味；他自己說他筆下的史諾比每畫一次都有不同的地方。法國印象派大師雷諾亞晚年雙手也出了問題，有人問他如何作畫，他答道：「用我的陽具。」這倒不完全是賭氣話。歸根究底，藝術的創作始於理念，手所要表達的，始於心靈，又或者是來自血肉的擾攘，那便是雷諾亞回答的因由。

廚藝速寫說油炒

炒是廚藝之中的速寫，又似國畫中的水墨，看是隨意，實則準確。閒閒幾筆，鍋鏟揮動，運力如神。單單是一味炒肉絲，炒多了便老，炒得過快則不熟。真正是外面輕鬆裏面熱，時間和火路都要剛剛好，看的完全是老師傅的功夫，毫無取巧的餘地。所以張愛玲說：「我覺得發明炒菜是人類進化史上的一個小小里程碑，幾乎只要到菜場去拾點斷爛菜葉邊皮，回來大火一鞭，就能化腐朽為神奇。」這說法當然帶有詩意的誇張，斷爛菜葉邊皮倒不至於，但是鮮嫩的莧菜豆苗，最佳的藝術加工莫如大火急炒，即時上碟，趁熱吃之，真正是姿態流麗而效果神妙。這「大火一鞭」更是裏面大有文章，談何容易。所以張愛玲也承認：「不過我就連會做的兩樣最簡單的菜也沒準，常白糟蹋東西又白費工夫，一不留神也會油鍋起火……」

什麼才算是炒呢？先把炒和煎炸分出來。煎，可以說是淺炸，因為用油量要少，不能浸過所炸物的厚度。煎時宜用中火，用較長的時間把一條魚或豬扒煎得外面香脆而裏面嫩熟。煎通常是煎兩面，反覆煎妥。例如煎紅衫魚，煎了一面之後，翻過來煎另一面，然後又再翻至原來的一面再煎；這樣是為了避免一面受熱時間過長而至焦黑。只煎一面的稱做貼，如鍋貼。

炸要用大量的油放在鍋中燒到滾熱，然後把軟殼蟹或薯條輕輕拋入，靠油的熱力將之炸至金黃。但見菜物在油中載浮載沉，煞是好看，甚為有趣。汆，看文生義，是「放入水中」，但也有用油汆的，如上海人說的油汆果肉，即油炸花生、但花生要用多油細火慢慢地汆出來，方會香脆而不致焦黑。所以「油汆」比「油炸」能更準確地說出烹調可口花生的方法。還有一種有別於油炸的是「泡」，把火熄掉，只用熱油細細地把魚片或雞片泡熟，效果特別柔嫩滑口，與別不同。

炒，是放入鍋中少量的生油，用作中介質，待油滾熱之後，將菜物倒入鍋中，用鑊不斷地翻攪至熟，也有在炒菜炒肉之前先在油中放一兩片薑或一兩棵蔥炸一炸，再撈出來棄掉，使炒菜物的油增添香味。煎炸和炒皆是用油作為中火媒（用油把火的熱力傳給菜物）。但炒和煎炸不同之處有三。一，油炸的菜物中不可加有水分，炒則可以看情形而放調味料，特別是紹酒、蠔油或醬油，有時候在炒的時候還特意灑上一點水。二，炸是要把菜物中原有的水分排走，炒則不是，如炒番茄牛肉，炒成之小菜還保留原有的液汁。三，這是最主要的一點，炸成的菜物味道單一而孤立，如炸雞塊、炸豬扒，炸成之物便單是這一件，味道也基本上是此物的味道（當然也可以預先用各式調味料醃好再炸）。但是炒則可以是味道的大鳴奏，干絲可以配肉絲，大豆芽配油豆腐，炸菜配牛肉，互相配炒出新而微妙的味道來，可以酸辣鹹甜互相對比，變化無窮。

還要說一說和炒近似的「煸」和「爆」。煸是乾煸，不用油，如乾煸四季豆。靈巧的主婦炒豆芽，關鍵是先把豆芽倒在燒熱了的鐵鍋中煸一煸乾，去掉多餘的水分和豆芽的豆腥氣，然後再炒，味道自然大為增色。至於爆，顧名思義，是比較激烈和急進的炒，用強烈武火，辛辣醬料，迅速動作拌炒而成，如蔥爆羊肉、爆三樣。

配合炒菜的最佳廚具莫若咱們的黑生鐵鍋，呈半圓球狀，亦即廣東人說的鑊，老外翻成英文曰 Wok。這鑊的傳熱力強，而且空間闊大圓潤，最適宜名廚揮動鑊鏟，各式菜物如蝦仁、雞片，有充足的空間上下翻動，拋上半空，又再安全落鑊，承受油炒。

另一樣必須和炒菜配合的是刀工。一般本來就體積細小的菜物如蝦仁、豌豆自然不必另外加工切細，但各式肉類如要炒，定必要靠刀工；另外如瓜果番茄，也必須用刀切成適合之大小。切成的肉類，有立方的丁、細長的絲和柔薄的片。炒配的時候，也得丁配丁，絲配絲，不可亂了章法。如炒腰花，炒出的腰花可呈蓑衣狀、荔枝狀、壽字狀、梳子狀、蘭花狀、核桃狀，鳳尾花狀等，變化無窮。這許多功力的作用不只是為了菜物美觀，也是為了菜物在油炒之時平均受熱。

◡ 家廚心聲

今年紐約的冬天奇寒苦冷，幾乎破了百年紀錄。再加上了二月裏頭大雪連場，真的是足不出戶，心如止水；只靠麵包雞蛋度日，並開始發憤看喬哀斯的奇書 *Finnegans Wake*。有人說這本小說實情就是神經病，喬哀斯的文字遊戲已經走火入魔，也有人說此書諧趣無比，處處語帶相關而又充滿音樂感；喬哀斯簡直另創文字體系。不過又不是真的那麼難懂，例如「nobirdy aviar soar anywing to eagle it」，分明是「nobody ever saw anything to equal it」的諧音和意象化，每個字都和鳥相關。從前看小說，在英國鄉村的嚴冬裏往往有人破冰跳河自殺，敢情是悶得瘋掉了。我倒不會，忙也忙不過來。單是家務就循環不息，周而復始地操作運動。如今是洗衣抹地，煮飯做菜，件件皆能，無一不精。（我的四字真言好像有點說溜了口。）說無一不精或有點誇張，不過的確是愈來愈心平氣和地默然承受了。

旁的不論，從前我視換牀鋪為畏途，因為牀單和枕頭套換起來的確是易過借火，然而換被套卻非常考功夫：要把四個被角套入被套的對應的四個角裏面去，難比登天；這個角套好了，那個角又滑掉，分明是故意和我搗蛋。我這邊廂是手忙腳亂，大打北派，好不容易老半天一額汗才將這被子收服了在被套裏面。夜裏做夢還夢見被子飛氈一般游離浮走，拒絕安分。自從老婆大人政躬違和之後，萬事自己一腳踢。不懂的就不恥下問。父親的護理阿玲就把換被套的獨家秘方傳授了給我：先把被套裏朝外翻出來，然後平放疊在被子上面。把被套連被子捲豬腸粉似地捲起來。這才將被套從開口處再翻過來，把被子裹了在裏面；被子的兩個上角自然已經在適當的角位。把被子再度攤開，拋一拋，拍三拍，大功告成，可以安枕無憂了。

至於做菜，我也是日見順暢，操作起來不慌不忙，有板有眼。四天的菜預先計劃好。一次過上菜市把材料都買妥當回來。廚櫃內滿是乾貨：蜜棗、貢棗、雞心紅棗、無花果、茶樹菇、猴頭菇、日本花菇、雪耳、雲耳、白背木耳、南北杏、合桃、腰果、栗子乾、陳皮、桂圓肉、乾瑤柱、關東遼參、白菜乾、霸王花、牛肝菌、髮菜、蠔豉、貢菜、蓮子、淮山、清補涼。這些隨時可以取出來配搭應急。豬𦟌骨、尾龍骨、豬心、豬舌頭、牛白腩、走地雞、無骨五花腩，買起來就是一大堆，按份量一包包好了放進急凍箱，閒閒地可以吃一個月。尤其是二月裏，偶然好天便往唐人街大舉入貨，萬事有冰箱。魚肉也可以往白袍將軍腹中一送，以備不時之需。蔬菜卻又比較麻煩一點：洋山芋久放會發芽，西紅柿不用又生水，因此往往選購品格堅挺的菜類，如西芥蘭、高麗菜、青蘿蔔、胡蘿蔔、白蘿蔔、癩葡萄、佛手瓜。這些都是性格硬朗兼有耐性的尤物，可以長駐廚房，不會在冷宮中因枯候而變得形容憔悴，不堪入菜，上不了碟，出不了枱。至於薑、蔥、蒜頭，皆是廚房必備之物。好了材料都有了，那就可以千變萬化，配搭無窮。例如說，把豬心洗淨、飛水、切片，加蓮子、淮山便是一隻湯；霸王花豬腱又是另一個湯，拋入四枚蜜棗，一包比例合格的南北杏，生薑兩片，文火共煮兩小時。高麗菜用蒜頭一炒，就是簡單流利的一樣素菜。佛手瓜兩隻去皮去核切片，配雪耳、貢棗，就是另一樣雋永的齋食。焗牛扒，最重要是牛扒本身品質優秀，薄薄一層海鹽，加現磨白胡椒，烤至五成熟上碟。煎豬扒，炆雞翼，都是快捷妥當的菜式。再不然五花腩預早一天解凍，配牛肝菌無花果炆之可也。

我想我這家廚已經做得頗為得心應手，幾乎渾然不覺了。我已經不會再問為什麼了。反正看書寫字的時間還是有的。

◌ 小小心得

沒頭蒼蠅似的瞎忙了大半天，可以坐下來休息休息；把那個小小的焙茶機開了，隨便放入一點普洱茶葉，再鋪上一層桂花，過一陣子便整個房間都散發着一股香氣，暖烘烘的叫人的神經整個地鬆弛下來。現在可以冥想一陣生的徒勞，活的煩惱，這正是最怡神養性的一回事。今天早上才寄到的藍光版本卡通片 *Watership Down* 還不打算看，那就不如端坐案前寫一點東西吧。

清代袁枚的《隨園食單》堪稱經典，但是鄉土文學大師汪曾祺卻不喜歡他這個人，只因為「他的『食單』好些菜的做法都是聽來的，他自己並不會做菜。」至於我的下廚經驗，全部臨牀，絕無虛言，再滑稽也是真的。零星心得，不怕提出來和尊貴的讀者諸君分享，作為參考固然可以，引為笑談也不拘。

洋火腿

嚴冬做湯最理想莫如醃篤鮮：湯色濃，營養高，有肉有竹味道好，子瞻吃了樂陶陶。材料方面一般用五花腩配鹹肉，再加竹笋百葉結。從小母親的用料就是這樣。更考究一點的用金華火腿取替鹹肉。只是如今好的金華火腿得之不易，我人在紐約更加是連金華火腿的影子也沒有見到過。有道是窮則變，變則通，做人休做寄生蟲。我想在紐約做醃篤鮮卻亦不必望天打卦，只消前往唐人街近鄰的小意大利跑一趟便可。那裏有上佳的意大利火腿Prosciutto，味道和口感跟金華火腿不遑多讓，大可以用來李代桃僵醃篤鮮。Prosciutto有San Daniele和Parma兩種：Prosciutto di San Daniele味道較柔和偏甜，Prosciutto di Parma的味道則比較香口偏鹹。私下認為Prosciutto di Parma較為適合做醃篤鮮，但當然可以視各人的口味喜好而自作決定。我每次上小意大利便買好些意大利火腿，叫夥計切成一磅重的去皮厚塊，包妥當了放入冰格備用。做醃篤鮮之際取出一塊，配無骨小元蹄一隻，效果特佳。這意大利火腿已經是鮮鹹俱備，不用另外加添調味品就能煮好湯，驅寒暖胃又怡神。

• 海苔醬

海苔醬由來已久，在我卻是一個小小的新發現。從超市買回家開瓶一試，味極清鮮，卻不知道如何應用。原來可以拌飯拌麵塗麵包，做湯做菜作配料。海苔醬用海帶、海苔和紫菜製成，似是東洋風味之物。我的佐粥小菜有榨菜、腐乳、皮蛋、鹹魚、醬黃瓜等物。榨菜灑點現磨白胡椒，腐乳加些白砂糖，皮蛋要蘸鮑魚汁，鹹魚配上橄欖油；至於這個醬黃瓜，原來可以搭上海苔醬，兩者皆有植物的清潤氣息，一個田園，一個海洋，堪稱最佳配搭，天作之合。順便一提：這些瓶裝佐粥之物，最容易發霉，故開瓶之後要放入冰箱，且宜盡速吃掉。從瓶中取菜要用潔淨的筷子，不可沾上油污口沫。

• 檸檬皮

一日三餐是長期消耗，因此凡物不可浪費而盡其所用。例如說，這個檸檬皮和橙皮皆可留下。我用有機檸檬泡茶，卻先把檸檬皮洗淨抹乾刨成細絲。橙皮亦可以同樣處理。當然只取其最表面那具有香氣的一層薄皮。用小瓶子裝妥當了放在冰箱。可以用來做班戟，也可以灑一點在牛肉湯中，有提鮮醒神之效。尊貴的讀者諸君說不定還可以想到一些其他的妙用。

• 保鮮紙

我是洗碗洗怕了才想出了這個省工夫的方法。吃年糕或鹼水糭這類食物，因為具有黏性，最難清洗。先在碟子上鋪一層保鮮紙，吃罷把保鮮紙揭起扔掉，連碟子都不用洗。當然用紙碟亦可省掉清洗的工夫，但保鮮紙則更為經濟。

• **芫荽蔥**

芫荽蔥來不及用掉可以將之洗淨，用紙巾抹乾，用三文治膠袋封好放入冰箱，可以保存得較為長久。又或者將之切成芫荽茸和蔥花，略為曬乾，備用。

∽ 家常風味

菜譜可分兩大類，豪華菜譜和家常菜譜。滿漢全席這一類菜譜只可供作遠距離的欣賞。假日得空，不妨翻閱一陣，以目代舌，享受享受那些賞心悅目的麒麟餅、蓮花酥。誰又有這個功夫去巴巴地做一道八仙過海或繡球魚翅了呢？滿漢全席好像華格納巨型歌劇，一演三日三夜，哪個夠膽子去碰？頂多斷章取義地選其中的四青碟之一火腿炒菜花，試製一番，聊以自慰。另一種是陳太教你煮靚湯、秀姑教你做小菜；打開一看，雖然只是涼瓜牛肉、豆腐丸子，倒也清簡流麗，親切可喜，馬上就可以往樓下的超級市場買材料，不上一個時辰，便能炮製出兩餸一湯，合家的晚飯也就有了着落。

最近看了一部菜譜書，叫《烤雞與軼事》（*Roast Chicken and Other*

Stories），作者 Simon Hopkins。這本菜譜便是遠豪華而近家常。裏面的菜譜分類不外是雞肉、鮭魚、洋蔥、菠菜、大蒜、肝類。看看口味不算高貴，卻勝在家常風味。雖然是西洋菜式，倒也不難依樣葫蘆把小菜炮製出來。

作者在序言裏面表明了一番心迹立場，其中也頗有一些值得一聽。例如說：「好的廚藝，不外是常識和品味。這是你自然想做好的一宗手工藝，目的是要憑雙手和思考把小菜做成。」作者說好的菜式要可口和芳香，外形美觀倒在其次。顯然在色香味三者之中他只取其二，這也是符合家常小菜的實務精神和要求。

照他的意思，做菜宜簡不宜繁，例如說，好端端的一條比目魚或大口鰜，獨自烤妥當了配荷蘭蛋黃奶油醬便好，自成一道完美菜式，又何苦將地中海的紅梭魚和蘇格蘭的鮭魚硬生生地混在一起，名為創新，實則胡混，徒然亂了章法，壞了味道，皆因兩魚相犯，臭味不相投。

作者的忠告是：煮你自己喜歡吃的，煮你自己能夠煮的，凡事適可而止。這總錯不了。重要的是要弄清楚，煮菜的最終目的並非為了大顯身手，引以為榮，而是為了使你的親友愉悅，大家高興，作者說一頓菜最成功的是大家吃得暢快，卻又沒有特別留意吃了些什麼。這一說法頗為有趣。就像有些作家的文章你看了只覺文筆流暢，思路分明，卻看不出他的文筆有什麼特別之處，這正是手藝含蓄，藏而不露。作者說最怕那些做得奇工異巧的菜，惹得食客不停追問：「唉，黛芬妮，你那胡蘿蔔，是怎樣釀進了去小胡瓜裏面的呢？」

就像咱們招呼朋友，幾道清炒蝦仁、乾絲牛肉、醋溜魚片，一兩杯啤酒，就弄出了非常怡然自得的風味來。一番飲和食德之後，卻渾然忘卻了吃的是什麼。那才是最高境界呢。

可是作者後來又說了這話：「好的小菜要靠好的材料。俗語說豬耳朵做不了絲荷包，但我認為上佳的廚子能化腐朽為神奇。無知笨拙的廚子能把最好的天然農場雞煮壞掉，但巧廚能把老雞調出佳餚。」

對這番說話我倒有所保留。好的廚子能把平淡的材料調出可口的小菜我同意，但再巧的廚子也不能把壞的材料弄出好的菜式來。正如清朝的袁枚所云：「凡物各有先天，如人各有資稟。人性不愚，雖孔、孟教之，無益也。物性不良，雖易牙（古代名廚）烹之，亦無味也。」大豆芽排骨仔湯最家常不過，但無論如何大豆芽要有機，排骨仔要新鮮，方可在平淡家常之中調出清和真味。

《烤雞與軼事》書中介紹了好幾味雞蛋做的小菜，現介紹其中一味大紅椒炒蛋（Piperade）。這是一道法國南部近西班牙邊界的巴斯克風味小菜。

- **用料：**

超薄煙肉八片

橄欖油（炒蛋用）

白麵包兩片，切粒

蒜頭一粒，去皮切碎
大紅椒一隻，烤熟，去籽，切碎
番茄四隻，去籽，去皮，切碎
大葱四條切細
雞蛋八隻打勻
芫荽適量切碎
鹽與胡椒粉適量

• 做法：

煙肉煎至香脆，取出，瀝油。用少許橄欖油把麵包粒炒至金黃。用三茶匙橄欖油把大蒜、紅椒、番茄煎炒一番，再加入大葱和蛋，輕輕炒熟。倒入芫荽和麵包粒。趁熱上碟，蛋上面配煙肉。

快樂廚房

人類五六千年來慘淡經營出來的文化與文明，不外是一把小小的雨傘。人行走在傘下面，暫且有一份保障與安穩，可以躲避風雨，看不見風雨之外的不仁天地，和天地以外的蒼茫宇宙。當然傘子會穿洞，總有辦法釘補釘補。近來的全球經濟大動盪，卻不是傘子穿洞那麼簡單，而實情是給風暴吹了個裏朝外翻。但即使是到了此時此刻，好歹還是握着這把僅有的玩藝兒，因為一旦放手，人就赤裸裸的處於天地之間，一無所有了。雖然人生在世匆匆一場，總有撒手的一天，但還是在安慰自己說時辰未到，揸住咪放，所能「揸住」的許是黃金股票，心頭所好，住家溫情，又或者是聲色犬馬。這些都是組成傘子上圖案的細節，自有其迷人的色彩光華，藉以忘憂，行樂及時。

正如英國作家 D. H. Lawrence 所說的：「我們根本就活在一個悲劇的時代，因此我們拒絕以悲劇的態度去面對。」不管天翻地覆，飯總是要吃的。

勿笑這是老生常談，泰山崩於前而面不改容地吃飯喝湯，還真需要一點處於物外的超然心態。道瓊斯指數以瘋狂的姿態上升下跌，我當佢跳舞。周日老伴沒有出外打麻雀，且哄她替我弄一頓久未得嘗的菜肉雲吞。又或者寫封信去倫敦，訂購 Folio Society 出版的《柳林風聲》（*The Wind In The Willows*，一九〇八年）的百周年紀念限量發行本，雪白的小羊皮書脊上飾有燙金的蜻蜓。當然是有 Charles van Sandwyk 典雅秀麗的插圖。

《柳林風聲》是一本田園風味的兒童故事，以英國郊野的小動物為角色，其中包括鼹鼠、老鼠、老獾，和蛤蟆。名為兒童故事，但那些動物雖然各具動物本色，卻又流露了人類的思想和感情。《柳林風聲》不外是藉動物世界來諷喻人類的處境。書中的第一章裏，鼹鼠在春天巧遇老鼠，遂在河邊野餐，一邊聊天。河邊景色明媚，鼹鼠卻問起河邊草地遠處的那一帶樹林，鬱鬱蔥蔥，陰陰森森，似有看不透的神秘。鼴鼠問那邊是什麼，老鼠回答：「那邊，噢，那只不過是野林。我們河邊的居民不大往那裏跑。」野林裏面住的是松鼠、老獾和野兔。鼴鼠喜歡尋根問底：「那麼野林之外又是什麼呢？」老鼠回答道：「野林之外就是那麼大的世界了。那麼大的世界與你和我都無關。我從未到過那裏，也不打算去。如果你有理智的話，也不會去。請勿再提起那個地方了。且看我們這一彎靜靜的河水。我們在這裏午餐。」

對於這些小巧的河邊生物，河邊的草地便是安穩的所在，而野林之外的世界便是那洪荒恐怖的宇宙，簡直提也不要提。說是逃避現實也好，說是明智的決定也好，反正老鼠和鼴鼠能在晴朗的春日在河邊草地上好好地享用了一頓愉快豐盛的野餐。

《柳林風聲》裏的小動物其實都是「家禽」，他們都各自擁有一個溫暖安穩的家，在這茫茫天地之間找到了小小的棲身之所，立足之點，經營小小的愉悅和幸福。

有一次老鼠和鼹鼠被困於冰天雪地的野林之中，鼹鼠甚至失足受傷。幸而兩人行行重行行，終於來到了老獾之家。老獾開門歡迎。「快進來，廚房有漂亮的火，還有晚飯，一應俱全。」廚房地上給踏得平滑的紅磚，寬闊的壁爐裏是融融的火，火的兩邊是一雙高背長椅，可以供客人休息，廚房中央是一張無漆木長桌，桌子兩邊是長凳，桌子的一端是老獾吃剩的晚餐，廚房的另一端是碗櫥，碗櫥上是一排排一塵不染閃閃發亮的碟子。椽上掛着火腿，一紮紮乾了的香草，網袋裝着的洋蔥，和一籃籃的雞蛋。這地方看來可以供得勝歸來的英雄舉行盛宴，也可以供疲倦的農夫在豐收之後坐在那裏高歌作樂，更可以供三、兩知己隨意進食，抽煙聊天，自由自在，那紅紅的磚地對煙燻的天花板微笑，那雙給磨得發亮的橡木高背長椅交換愉快的目光，碗櫥上的碟子對木架上的鍋子露齒而笑，而那愉快的爐火則不分彼此地照亮了一切。

仁慈好客的老獾叫兩位人客安坐在高背長椅上面，換上乾衣，穿上拖鞋，而且替鼴鼠包紮傷口。在暖洋洋的火光之中，聽着碟子叮叮地被排放在餐桌之上，這雙小動物似是到港的小船。那風雪中的野林也就變為遠遠的夢了。

食物清單奇趣錄

我總是把每次上紐約中國超市和曼赫頓 Whole Foods 食品店的購物收據都留着，用不鏽鋼磁石夾子夾成一疊掛在冰箱的門上；閒時看看，體味一下錢原來就是這樣吃掉的，而且這些清單上面有十分明確的日期和時間，分秒不差，實情就是現成的日記；上面的每一項食品都能勾起新近的記憶：買白皮紫心番薯，是因為老伴糖尿病的緣故，而且她喜歡吃；至於留香珍珠圓子，還是上星期的寒夜裏和老伴共看加利格蘭和英格烈褒曼主演的 *Indiscreet*（一九五八年），只覺夜長了，便起來將之弄成兩碗桂花酒釀圓子加雞蛋一起吃，吃吃老伴發言了：「加利格蘭和英格烈褒曼在片中已屆中年，依然那麼好看。如今他倆早就不在了吧。」三月十六日父親護理給父親買下的食品有單子交給我，合共美金 $70.48。翌日我自己買菜的收據數目竟然也是 $70.48，絲毫不爽。這樣的巧合比中彩票還難得。有些單子只是看看也趣味盎然：韓國小沙梨，特大火龍果；大新蔗糖，日本細麵；小條瓜，大排骨。那樣大小有致的排列對比，卻又完全是偶合的天然渾成。

我對各種清單都有偏愛，像《兒童樂園》裏面的圖畫比賽入選名單，有時候是夾在書中的一張洋蔥紙，上面是密密麻麻連連綿綿的小讀者的名字，有時候是印在原書另加的白紙張上，像第一〇六期裏面的千人得獎名單，上面有菲律賓的朱青月和砂勞越的林木森，他們應該和我年紀相若。相信還健在吧？馬來亞的黃初仔、新加坡的江妙雲，如果見到臉，多麼希望能一見如故。一千個名字裏面可就隱藏着一千個父母的期望和一千齣意想不到的人間喜劇。別以為這是我冷僻的愛好，古今中外的文學家都愛列清單，不為什麼，只為喜歡。愛爾蘭作家喬哀斯（James Joyce，一八八二—一九四二）在一九〇六年給他弟弟的家書中詳細列出一天的飲食：上午十時半：火腿、牛油麵包、咖啡。下午一時半：湯、烤羊肉配洋山芋、麵包和酒。下午四時：燉牛肉、麵包和酒。下午六時：烤小牛肉、麵包和葡萄和苦艾酒。下午九時：三十小牛肉肉片、麵包、沙律、葡萄和酒（見 Ellmann, *Letters* II 172）。這樣瘦削清臞的一個喬哀斯竟然一日五餐；看他的早、晚飯都吃得遲，只恐怕又是一個和月亮同進退的創作者。二十年後他在給朋友的信中提及酒店中吃的早餐：「丹麥煙肉、愛爾蘭雞蛋、美國白糖、法國牛奶、加拿大橙皮果醬、蘇格蘭麥片、新西蘭牛油、荷蘭多士。」就是沒有一樣是英格蘭的。在他的小說《尤利西斯》（*Ulysses*，一九二二年出版）裏面的第四章一開首便列出了布盧姆這猶太人愛吃的食物：「利奧波爾德布盧姆先生吃牲畜和禽類的內臟津津有味。他喜歡濃厚的雞雜湯、有嚼頭的肫兒、釀菜烤心、油炸麵包肝、油炸鱈魚卵。他最喜愛的是炸羊腰，吃到嘴裏有一種特殊的微帶尿意的味道。」這一條清單以吃開始，以尿終結，其中隱藏了整個從進食到出恭的消化過程。

《紅樓夢》和《西遊記》裏面的飲食清單俯拾皆是，充滿了生之意趣，以精緻的細節平衡了那無處不在的悲哀和虛幻。《紅樓夢》裏面烏進孝單子最是開胃醒神，其中的海參五十斤和鹿舌五十條，叫人看了精神為之一振。那銀霜炭和胭脂米又引人遐想，帶來無限想像。《西遊記》裏面的花果山上的餞行宴有「鮮龍眼肉甜皮薄，火荔枝核小囊紅，林檎碧實連枝獻，枇杷緗苞帶葉擎，兔頭梨子雞心棗，消渴除煩更解酲。香桃爛杏，美甘甘似玉液瓊漿，脆李楊梅，酸蔭蔭如脂酥膏酪……」就這樣一樣樣排列下去，興致勃勃，毫無倦意。在《西遊記》第八十二回裏面的果子齋飯更洋洋灑灑數十樣，荔枝龍眼柿子銀杏豆腐麵筋木耳鮮筍滾滾而來，漾漾而去，彷彿可以永無止境地一直延續。這正是所有清單的特質本色，看似有首有尾，實則無始無終，可以隨意添加刪減，只因為這五光十色的大千世界裏的一切原皆可有可無，不過是衍生自空虛裏的空虛。

雞湯麵

剛剛把一碗煮熟了的有機毛豆子剝殼，共得一小碗。

是的，隔了一個多月的時間，我忽然決定再度下廚，只因為和老伴天天在外吃館子實在吃得煩厭乏味，二來也是為了健康理由。省錢絕對不是一個因素，因為自己動手做菜，採購的作料都要選有機和新鮮的，只有更貴。這有機毛豆子，是老伴吃麵的配料之一。麵是什麼麵呢？雞湯麵。

預早一天把猴頭菇、茶樹菇和姬松茸用大玻璃缸泡浸一夜。光雞一隻，去皮斬頭洗乾淨，連同薑片配料放入瓦罉先用大火煮滾再轉小火煲兩小時便大功告成。把湯渣去掉，浮面的少許雞油撇去，雞肉拆開留用。銀絲麵一紮煮好了過冷河，也用鍋盛着。蔥和芫荽細細地切妥了分別用小碗裝着，封上保鮮紙，免得乾掉。做麵的時候，灶頭的四個火頭都用上了：一個火頭上是瓦罐雞湯，一個火頭上是冷水泡着的銀絲熟麵，一個火頭在煮毛豆子，第四個火頭開了做老伴雞湯麵。放兩勺子雞湯在鍋內，把一小撮（只普通人兩三口麵的份量；老伴有糖尿，麵不宜多吃。）冷麵放進湯內共煮，再放下一副黃沙雞膶，燙得嫩嫩的剛熟。湯碗一個，碗底放些許蔥花（老伴她不吃芫荽）和切絲的日本榨菜（老伴愛吃脆口之物），再把湯麵放進去便成。另備一小碟蠔油，供點吃雞膶之用。（老伴愛吃濃醬，糖尿病恐怕不宜，但也不必過分管制，留給她自主的權利，選擇她愛吃的東西。老伴的營養師年輕嬌俏，說糖尿病主要是要把食物的份量控制得恰好。偶然也可以來一個進食的假期，想吃什麼便吃什麼，且說：「哪有不許人家吃東西的道理？」那神情總叫人浮想聯翩。）這樣的配搭，果然把老伴哄得貼貼服服，將那碗雞湯麵吃個碗底朝天，一點不剩。末了餐後蜜桃四分之一（要限制糖分的食用），天山雪菊茶一杯（可以降血糖）。吃完了叫她站起來在屋子裏走十分鐘，再坐下來看一陣電視。如此的一頓雖然說不上百分之一百健康，但是總比吃館子優勝得多了。

說，看到她的健康情況雖然沒有明顯的改進，但是起碼沒有惡化，總算有些安慰。例如說，看她吃得一副理所當然的神氣，便知道她快樂而渾然不覺；那更好了：何必要再增加她的精神負擔？又例如說，這樣細緻地悉心給一個人做飯，很是有趣。這我可得提醒自己了，因為這「有趣」裏面有要不得的成分，彷彿對方變成了寵物，萬事皆在自己的控制範圍之內，對方做什麼吃什麼都得先通過我。

這樣的照顧一個人也並非完全是一種負擔，其中也有樂趣和滿足。例如

我關心她的最佳證明並非是因為看到她自己感覺愉快，而是在於尊重她是一個有自主權的個體，替她安排吃什麼做什麼要先徵求她的同意。不可以做一個餐桌暴君，以健康衛生為理由，完全剝奪了她進食的自由。人生在世有比健康更重要的一樣東西，就是個人的自由。我可以在一旁提供意見，說出理由，但最後的決定在她。她真的不想吃的東西我絕對不強迫她吃，因為

太殘暴了。萬一她發脾氣我應當高興，因為這可以證明她的元神依然充足，而我的默然忍受也可以證明我愛的並非自己。

偶然她還是想外出吃館子，也得順着她。老伴走來告訴我她想出外散步喝咖啡，我這就暫停寫稿，去預備輪椅，替她換衣服了。

◌ 麵包皮與火腿皮

紐約清晨，溫度零下。老伴還在呼呼大睡，我是早已經操作了兩小時的家務，包括揩抹廚房的地板以及洗衣晾衣，因此便把冰箱的果菜抽屜拉開，翻出裏面的一包枕頭麵包；一看只剩下兩片了，一片還是兩面柔軟的白麵包，另外一片卻是一面柔軟一面略為焦黃的麵包皮。麵包兩頭的麵包皮通常棄而不用，連想也不用想；今天卻感到需要節儉，主要是因為不願意冒着寒風踏着冰雪去購糧：前三數天才松鼠覓食似地四出搜羅吃的，冰箱和廚櫃都放得滿滿的，就是為了能夠足不出戶而安然度過嚴冬。老伴喜歡吃焦脆之物，但凡春卷芋角、炸雞薯條，皆吃不厭。何不就把這麵包皮留下，再加一杯現磨現沖無糖咖啡，就能把她的一頓早點混過去了。我突然發覺自己正在努力地向自己解釋為什麼應該把那片好的麵包自己吃掉；我們都有本領為自私的打算找出千百種理由。自私是一件極為複雜的事情，而最複雜之處是它往往以關懷別人來作為掩飾，甚至把當事人都瞞騙了。我於是把那片麵包皮放進烤箱裏，烤得溫熱的取出來，塗上牛油及果醬，入口竟然香脆輕盈，算是意外之喜；呷點紅茶，三兩下手勢便把這塊麵包皮解決掉了，莫名其妙地覺得躊躇滿志，彷彿完成了一件不尋常的任務似的。只不過是把一塊麵包皮吃掉罷了。

里修的德肋撒（St. Thérèse of Lisieux，一八七三－一八九七），只因為聖衣修道院的院長姆姆說過為了儉省冬日壁爐的燃料，不得浪費任何木材，因而把鉛筆刨花也留下。凡夫俗子會認為這樣做是矯枉過正，但在她卻是修行的完美，一絲一毫也不放過，正是莫因善小而不為。況且她這樣做正是履行了她入院時所發的其中二願：服從和神貧。（另外一願是貞潔。）行善和修行要到家，還得顧及細節，否則流於空談。這人滿口忠恕之道，卻因為別人不小心踩了他一腳而登時把眼睛翻到天上去，偽君子的原形當場畢露，什麼都不用談了。那人大談社會主義的好處，卻因為我欠他一碗大牌檔魚蛋粉的碎錢而窮追不捨，弄不到手不甘罷休。張愛玲在《紅樓夢魘》的序中說自己「一個字看得有巴斗大，能省一個也是好的。因為怕嘮叨。」她又說自己熟讀《紅樓夢》，「稍微眼生點的字自會蹦出來」。大作家的功夫還看他對一字一句的認真和執着。弘一大師李叔同在演講《改習慣》中提到「食碗不剩飯粒」，正因為「施主一粒飯，恩重大如山」也。高僧道行修至高境，能夠從一粒米飯的浪費而頓悟一整個宇宙的罪孽。罪惡無分大小，本質一樣。對人動怒，即使是口出一句惡言，背後的真正目的還不外是要置他於死地。因此基督才會說但凡是罵弟兄為蠢蛋的，亦逃不了地獄的烈火。

大酒店吃剩的自助餐，不論是三文魚還是燒羊扒，一過時全部扔進垃圾桶，員工不得染指。聞說香港有慈善組織每天黃昏開車去收集市區飯店賣剩下的食物，只要還符合衛生，便作為救濟飢民之用。這敢情是好事一樁，也是替店家食客積點福。這完全叫我想起了《兒童樂園》裏面的一個民間傳說〈奢侈的下場〉：大富翁把堆山積海的美食倒入水溝，流至鄰近的寺廟。老和尚將之拾起曬乾收藏，待富翁淪落之時再拿出來給他享用。我的浪費止於剝洋葱去皮兩層，吃鹹鴨蛋取黃棄白，煲竹絲雞斬首揮腳；偶然靈光一閃，把碗底吃剩的一撮麵亦勉力吃掉它，又或者把半碗冷卻的白粥送入冰箱留待下一頓。只是前幾天冬日購糧，來到紐約市小意大利的 Di Palo's，買了好些東西，包括四塊巴馬火腿；我順便叫夥計把火腿皮切掉。回家一看，原來那夥計做事倒是仔細，竟把火腿皮也包妥當了給我。我望着這包火腿皮百思不得其用，也顧不得那許多，就咕咚一聲扔進垃圾桶裏面去了。

洗碗記趣

不怕煮，最怕洗。

上街買菜完全是戀愛心態：對即將發生的一切懷抱着美麗的憧憬，一路上滿腦子的菜湯配合，味道鳴奏。這一向超市的竹筍漂亮，何妨就做個醃篤鮮，用無骨小元蹄加意大利巴馬火腿，一點也不會肥膩。老伴喜歡吃魚，這敢情對她的健康有益；清蒸鯇魚也可以略為弄點花巧，不用天津冬菜，改為有機檸檬，相信效果只有更為醒胃怡神。下廚做菜也處處是創作的喜悅：元蹄出水，火腿去皮，鯇魚剔膜，再加上水火的烹煮，變成一樣樣悅目可口的小菜。那可真是鍊金一般的幻術；把鹹和酸作適度的配合，在舌上所引致的完美感受不下於一首商籟體情詩。待一切順利就緒，碟子上桌，即使沒有舉案齊眉，倒也吃得稱心如意，白酒喝喝，魚骨啜啜，一邊閒話家常；婚姻生活的幸福幻覺莫過於此。這似乎是所有上街下廚各種勞動的最終集中點，只可恨好景不常，歡樂易逝；進食的愉悅轉眼之間化做杯碟的狼藉。午餐吃罷，笑話說過，要收拾這桌子殘局的，不是我可又是誰？正如法國情歌話齋：愛的歡愉何其短暫，愛的苦痛綿綿無期。

閒話休提。尊貴的讀者諸君，且耐着性子容許我把餐桌殘局一一細數；廚房實錄，並無虛言：餐具有海南花梨蛇紋筷子兩雙，米通白瓷匙羹兩隻，雙魚青瓷飯碗兩個，美耐微波爐適用闊口斜壁湯碗兩個，長魚碟、淺菜碟各一，吐骨小圓碟子兩隻，白瓷小酒杯兩隻，印度帝王老虎描金茶杯一雙，醬油小方碟子一隻，不鏽鋼切肉餐刀一把；公匙公筷倒是省下，一世人兩夫妻不來這一套；真正是大菌食細菌，細菌好補身，驚就兩份。回頭再看廚房待洗之廚具：蒸魚黑鐵鍋連蓋，蒸魚矮腳架，蒸魚碟子（裏面是帶腥味的魚汁和黏着了的蔥段和魚皮），煎香蒸魚豉油的長柄小圓鑊連蓋（煎豉油之際把爐頭弄得油花四濺），煮生菜的玻璃鍋連蓋（這倒容易清洗），煮醃篤鮮的氣壓鍋連蓋（這氣壓鍋最難清理：每次蓋子上的零件都要拆下逐件冲洗，去掉氣味），另外還有砧板、菜刀、刀叉、刨子等物，未能盡錄。

洗碗碟當然有基本技巧。先把用過的紙餐巾（不得浪費）把碗碟中的殘餘抹去，放才拿蘸了洗潔精的百潔布把碗碟裏裏外外擦一遍，然後再放在水龍頭下冲洗，太油膩的要用熱水，方能冲洗乾淨。洗鍋要把鍋底也擦妥當，洗砧板最容易忘記砧板底；砧板底還要反過來見見光通通風，否則會生霉點。你瞧我一副富有經驗的口吻，其實才剛在廚房內磨了一年有奇罷了。洗過的碗盤杯碟和砂煲罌罉，最好再檢視一次，因為永遠有洗漏掉的地方，可能是鍋蓋的內沿，又或者是剪刀的夾縫。

有時候我亦懷疑這樣專心一意地泡在廚房中操作到底是為了什麼。其實我們的所作所為，歸根究底的原因不外是喜歡。精力是永恆的愉悅。元神充沛，每走一步路都在雲頂之上。心中願意，就能把磨難化做歡樂的附件。如果體倦意懶，那就連把碟邊一粒水珠抹去的勇氣也提不起來。從前老伴把那廿四圈麻將搓過之後，來個外賣便把一頓晚餐解決掉了，不用洗不用煮，吃罷紙杯紙碟木筷子往垃圾桶一扔，其樂何如。但是我選擇了曲折迂迴的路途。人生的意義全在選擇。十九世紀的英國有個鄉紳，生活無憂，茶來伸手，飯來張口，卻只因為每天早上要穿層層的衣服，每天晚上又要將之脫去，不舍晝夜，漸悟生之徒勞，活的無奈，遂吞槍了斷。或許他患了憂鬱症，或者他只是厭倦和疲倦，又或者那純是一個知性的形而上的選擇。反正是他的腦子出了毛病。有誰知道呢？說不定叫他每天飯後下樓代替他的僕從洗碗，毛病就會好了。

風雪廚房

現在是紐約時間二〇一五年一月二十六日下午一時三十三分；窗外大雪紛飛，卻是悄然無聲。如果放了窗簾在室內看書，簡直不知道窗外白雪早已在一片寧靜之中展開了激情放肆的揮灑舞蹈。雪就是這一點最神秘。已經忙碌了一個早上。如今首先把老伴安頓妥當：待她吃罷餐後紅肉橙，把電視開了，替她選擇了聊齋片集，然後替自己泡一杯法國 Earl Grey Imperial，放兩片檸檬，也不用加糖。頭已經痛了三天，人的精神倒反而轉好了。現在終於可以坐在 iPad 面前用手指寫稿了。

清晨六時起牀，盥洗完畢便匆匆忙忙下廚去了。先把昨天已經解凍了的三條豬舌頭從冰箱拿出來，放在水龍頭下沖洗，然後放入一鍋開水中煮五分鐘，再用水沖洗乾淨。把氣壓鍋洗一洗，把豬舌，小沙布袋包好了薑和胡椒粒，一小杯紹興酒，連同剛好把豬舌浸過的清水一同放進去。氣壓鍋用來要留神，要不時察看氣壓鍋的氣壓指標，一旦出現紅色便表示危險，置之不理會有爆炸之虞。好處是能把烹煮的時間減半。奈何煮至半途響起了自然的呼喚，只得把火路調至最小，然後如命上廁，出恭如也，再入廚照顧豬舌頭。這氣壓鍋也真神秘古怪，你看它煮起東西來無聲無息，附耳細聽卻原來鍋裏面正沸沸揚揚，狂風暴雨，說不定什麼時候一個不小心便砰然一聲出了禍。我這樣孜孜不倦地從事進食出恭的生活雙重奏，不為什麼，純是為了喜歡：那就是生之意趣，洗了煮，煮好吃，吃罷再洗；過程就是目的，沿途皆成風景，且有老伴同路，彷彿之間似乎不怎麼寂寞了。

可不是，我正在把煮好了的豬舌頭去膜，老伴便醒來要喝咖啡。（通常豬舌頭煮熟了那層膜撕之不易，但是氣壓鍋煮出來的豬舌頭那層膜一下子就撕脫乾淨了。我看那撕掉的舌膜小小的一堆恐怕足足有一安士。也真難為自己以前安之若素地將之連豬舌頭一同吃進肚子裏去。）我說你就試試自己做咖啡吧，反正你已經看見我做了很多次。說時遲，那時快，老伴噗的一聲把咖啡粉往我吃剩的小半杯茶裏面倒去。我實在不必花精神替她此舉作出任何的心理分析，只得把豬舌頭放下，按捺着替她把一杯無糖咖啡冲好，並添一片果醬麵包。愛是恆久的忍耐，不求自己的好處，不輕易發怒，不計算別人的惡，凡事包容。三天之前她才拉肚子，把廁所弄得一地皆是。我一邊細細地清理，助她更衣沐浴，一邊和她說笑話。老伴在訝異之餘卻又放下了心。動怒與否，全在一念之間。里修的德肋撒（St Thérèse of Lisieux，一八七三—一八九七）說她早就立定主意，但凡有人叫她不愉快，她便先露出笑容；日久便養成了逆來順受的習慣，一切人與人之間的磨擦都失去了使她生氣的力量。

在德肋撒的回憶錄中她述說自己如何扶助患病的伯多祿老修女步入膳堂。伯多祿修女脾氣古怪，極難侍候。德肋撒小心翼翼地拉住她的腰帶以扶助她向前挪動，並盡量動作輕柔，步伐不徐不疾，免她抱怨。待侍候她在膳堂坐下來，再格外小心地為她挽起衣袖。德肋撒還注意伯多祿修女雙手患有殘疾，將麵包拿到盤子極為費力，便再一次為她效勞。後來德肋撒聽到伯多祿修女說：尤其使她高興的是，每次德肋撒替她切好了麵包而即將離去之頃，向着她甜美地一笑。

走筆至此，老伴走來說吃東西可好。我一看手錶，這就放下寫稿的工作，下廚炒了個韮黃嫩蛋，用的是牛油，分外香滑。飯前菜湯甜酒，飯後香橙清茶；默默的一頓二人晚餐，倒也吃得稱心如意。洗罷碗盤筷子，砂煲罌罉，擦淨爐頭，抹乾飯桌，天已轉暗雪已霽，只有前院的皚皚琉璃，彷彿鋪上了一層奶油。老伴安靜地在看電視。我想她也許是滿足的。但是有誰知道明天又會是怎樣的另外一番風雪？

食具兩則

拔塞鑽

我的一雙手還真的有點詭異。說是笨拙，卻總算能夠搖筆桿、揮畫筆、操廚刀；說是靈活，卻至今未能學會下列三項技術：開汽車、換燈泡、彈結他。開罐頭倒是會的，不過手騰腳震一番，還能竟全功，成大業，顫巍巍的把一聽酥炸鯪魚從密不透風的鐵棺中釋放出來，成為老伴心愛的佐粥小菜。但是隨時一個不小心，用岔了力，便皮破血流。十五六歲那年開罐頭便試過給起齒邊的罐頭蓋割破了右手大拇指下面賁起的那塊肌肉，血流如注，把自己嚇得當場昏倒在地。至今那號稱維納斯山的部位留有一公分長的白疤痕。我在這方面的不如意說不定和這有關。不過如今的罐頭刀設計新穎，使用方便，再笨手笨腳的，出意外的機會還是不大。有時候買一瓶醬瓜什麼的，配了個圓鐵蓋，照樣有本事大半天一額汗也扭不開。原來開這種圓鐵蓋也有專門的工具，往鐵蓋下邊撬一撬便迎刃而解；問題是有些瓶裝食品啟用之後還是有開不了蓋的情況。原因很多：可能是天冷蓋子縮緊了，又或者是蜜糖糖漿之類黏住了；有效的方法是把瓶子放在熱水龍頭下面沖洗一陣。如果盛的是糖漿之類，用的時候盡量不要把糖漿黏在瓶口，能收預防之效。

買橄欖油最怕買到了那種用水松塞塞進瓶口裏的，只有硬着頭皮動用螺絲錐，結果只有把那倒霉的水松塞上半截錐個稀巴爛，下半截仍舊牢牢的守在樽頸，教人頓悟什麼叫做守口如瓶。一怒之下，用筷子把那半截水松塞往瓶肚子頂去，就讓它在油中轉為泛泛楊舟，載浮載沉。十天前一時的興致買了隻兔子放在冰格裏，終於決定做濃羹；需要紅酒。少不免出門一趟，匆匆忙忙選購了紅酒白酒各一瓶，又匆匆忙忙的回家轉。一看，原來又是縮在瓶口之內的水松塞，登時變了蜑家雞，見水唔飲得。當然我知道但凡是酒瓶皆用水松塞，但是大兒子送的 XO 什麼的，那水松塞連着一個露出瓶口之外的圓蓋，一拔便起，甚為便捷，哪裏有縮在樽頸之內那麼刁鑽，分明是有意和我過不去。無奈只得重回洋酒莊；幸而那位年輕的西班牙女子笑容可掬地把一個有雙翼的銀色拔塞鑽拿出來向我示範拔塞絕活：先把中間的螺絲錐子鑽入水松塞，在同時拔塞鑽的雙翼便徐徐展開，高舉。待錐子鑽牢了在水松塞內之後，把雙翼往下一按，那滑稽的水松塞便提升於瓶口之外了。原來還有一種德國古董拔塞鑽，雙翼是女子的一雙玉腿；在開酒瓶之際，雙腿漸漸展開成一字馬，未免教人浮想聯翩，真正是醉翁之意不在酒。

如今那老大一瓶的法國半甜白酒成為老伴每餐常侍之尤物：透明的淺黃液體，無它不歡。

• **牛油碟**

無鹽牛油是我廚中必備之物。一代名廚 Julia Child 話齋：「只要牛油足，萬事成口福。」（With enough butter, anything is good.）早餐的多士固然少不了它，午飯的韭黃炒蛋也要借助它的濃香幼滑。長方條形的牛油一向胡亂用個小白瓷碟盛着，不用的時候用錫箔紙摺成一個蓋子蓋上。上星期四送老伴上唐人街鄧氏公所打麻將，自己趁機前往 Bloomingdale's 的餐具部找牛油碟。女售貨員耐着性子向我一一介紹，有水晶的，有骨瓷的，不是嫌太大便是嫌太花巧；老半天終於找到了一款塑膠的，造型是一隻火輪船，意大利出品，和我家中已有的魔術兔子牙籤筒是同一個系列。起初我還是嫌花巧，但是煩了人家半天，總得有個交代，也就決定買下。碟子是半透明的船身，蓋子是甲板，蓋子的把手是煙囱，煙囱上冒出的濃煙是牛油刀的柄子。這樣的設計倒也並非純粹是趣味性。那牛油刀貯放在煙囱之內，不必用一次洗一次，倒也省下一點人力物力。

◎廚房失蹤案

大家都有過遺失物件的神秘經驗吧？我說的神秘，是指這失物任你上天下地，翻江倒海也無覓處，可是一天卻又無情情突然開玩笑似的出現在你的眼前。又或者是這失物無端消逝，就此人間蒸發，成為一件永遠沒有答案的無頭公案。這失物可能是一串鑰匙、一隻戒指，又或者是一封情書。也有找得到的，卻反而教人莞爾，爽然若失，因為不再神秘莫測，也沒有了耐人尋味的地方了。我的大媳婦曾經當一家汽車公司的行政，公司每月給她試一部新車，要她寫報告。一次她的兩歲小兒把車匙拿去把玩，弄丟了。大兒子和大媳婦把牀單牀墊都翻轉了過來，硬是找不到。翌日大兒子到廚房把冰箱打開預備做早餐，卻看到車匙赫然躺在裏面。想來該是德仔玩厭了之後隨手放進去的。

我有生以來的失物自是罄竹難書，單只是最近的個案，就包括了Burberry的縮骨雨傘、劉旦宅的紅樓畫冊，以及不鏽鋼的雞骨剪刀。其實失物的一大主因是粗心大意，其次就是健忘。粗心大意的是出外返家，隨手把手機往什麼地方一放，完全未經大腦，到要用的那一刻才發現不見了，老半天才從沙發椅扶手的夾縫裏打撈了出來。健忘的是把東西搬動整理，放到一個新的所在之後，反而記不起來了。這裏面的教訓是：重要的文件證書，要放在固定當眼的地方。不過也難說，曾經試過翻箱倒櫃地找托爾斯泰最後的日記，卻原來就在案頭。這就是廣東人俗稱的鬼遮眼。兜兜轉轉的又繞回到神秘的點子上面去了。一件東西到底是怎樣不見了的？如果能夠回答這個問題，也就大多數能把失物追蹤尋回，歸還原主。這叫我想起了超現實大師布紐爾的電影 *The Exterminating Angel*（一九六二年）：一班人客在豪華莊園參加晚宴之後，陸續打算離去，卻各因一點小事而被岔開了，在不知不覺間竟然都被困在莊園不得脫身。最後有人建議大家細細回想第一個人當初是為了什麼緣故被打了岔而沒有立即離開；他們一旦追蹤到那一刻，就正如找到了一團亂線的線頭，問題迎刃而解，客人紛紛自由離場回家去了。超現實的現象也可以有合乎邏輯的解釋。失物之後如果能靜坐思索失物之前自己做過什麼事去過哪裏，就有可能把失物從過去抽拉出來，到回現在。

我家常做飯用半舊絲苗和茉莉糙米各半混合而成。兩種米分別用長方形半透明塑膠盒盛載。糙米難煮硬度高，需要預先泡浸過夜，再和絲苗共煮，就不會有夾生的毛病。這是我把兩種米分開存放的主要原因。還有一樣：萬一興之所至，可以選擇做純白米粥，又或者是純糙米飯。問題是每次取米煮飯都很麻煩，要把盒蓋開合兩次，又要把兩個塑膠盒移上搬下；怕只怕天長日久，遲早一次失手把米盒打翻，玉粒飛散白遍地，常滿傾倒再難扶。於是我決定把兩種米混合在一起放在一個塑膠盒內，但在事後卻發現其中的一個塑膠盒的蓋子不見了，因此四處翻尋；愈是找不到愈是氣不忿愈是要非找到不可：這蓋子又沒有腳，又怎麼會逃走了呢？這蓋子又不是一顆螺絲釘，怎麼就會看不見呢？這蓋子肯定是我隨手一放放在當眼的地方，絕無可能密處收藏的，怎麼就偏偏找不到呢？難道這又是一樁神秘失蹤事件？只記得老人家說過：「雞不見了還在雞窩裏頭找。」我於是又走回廚房去，且把照燈開了。這才看見那半透明的膠蓋一直貼着廚房的瓷磚牆壁，正在向我眨眼睛呢。不留神還真的看不出來。

但我並沒有膚淺地因這單一個案而草草決定宇宙間就沒有詭異的神秘失蹤。我想到了多年前的一瓶醬乳黃瓜；明明昨天才吃過的，今天想吃卻再也沒辦法找得着了。這到底是宇宙間何種神秘力量所為？我正在找得滿頭大汗，不甘罷休之際，老伴卻把冰箱裏的辣椒蘿蔔拿出來，說：「何必苦苦一定要吃醬乳黃瓜？這個也是一樣。」但是這並非醬菜款式選擇的問題，而是關乎這天地間奧秘之探索。我如何能夠成功地向她說明這個原因，而不至於使她認為我神經錯亂？我很願意知道這瓶醬瓜的命運是否和瑪莉玫瑰相同。一天夜裏它悶坐廚櫃之內自言自語：「我倦了。我要出去。」於是乎天樂飄至，神光照射；那瓶醬瓜搖搖晃晃地沿着神光升向蒼穹，漫遊極樂去了。

驚心動魄

廚房本來就是一個刀光血影的所在，但若論其驚心動魄之處，卻還不在這上頭，只要刀光照不到我身上，而血影又並非投自自己的血。像我這樣極端自私的一個人，對可吃的飛禽走獸和花鳥魚蟲都一概無情，只論美味，不計血腥；對豐子愷那種婆婆媽媽的戒殺護生只覺得十分之不耐煩；至於《護生畫集》裏邊的替斷翅蜻蜓糊上紙翼，把迷途的小螞蟻送回給媽媽，更加既是傷他悶透主義的頂峰，又是完全不符合現實生物動態的天方夜譚，徒然添增小朋友無謂的感情負擔，妨礙他們正常的身心發展。不過我相信在今時今日這般天真無知的小朋友也不會多見，這實在是一件很慈悲的事。照我的意思，即使是吃一隻蘋果也是殘害生命，因此茹素也只不過是折衷派，牆頭草，兩面倒的偽善；乾脆不吃也就罷了（聞說天主教就有一種只靠喝清水維生的聖人），要吃便吃到底，反正咱們大家到頭來都要為自己的所作所為作一個交代的。

可是一旦這刀光血影臨到自己的頭上，卻又是一說了。我就像那種四出作惡的連環殺手，開槍動刀對付別人絕不眨眼，可是一旦自己受了一點輕微損傷，立即驚惶失色，跪地求饒，也並非是不滑稽的。你看我家常下廚，砍魚頭，斬雞尾，切洋蔥，剁豬排，皆姿態漂亮，操作流麗；如果偶然大意讓刀鋒稍移方向，或是用岔了力，把指頭弄得皮破血流，便慌忙丟下一切營生，失魂落魄地去急救箱翻尋膠布。（有經驗的廚師都會告訴你，萬一刀子意外往地上翻跌，千萬不要嘗試伸手去接，而要立即把身子彈開兩尺之外，離開險境。）一代名廚 Julia Child 出名論盡：一隻光雞跌落地上她又若無其事地撿起來，手指割傷了血流如注，她大姐笑嘻嘻地繼續調味。她去世之後，人們替她起紀念館，把她廚房中的刀子叉子悉數移到紀念館裏面，還把許多不同形狀不同功用的鈎子安裝在牆上；那一刻我方才醒悟把一塊牛排調成可口的小菜，要經過多少重的折騰，而那許多的刀叉鈎子又都幻化成中古時代天主教會對付異端的刑具，彷佛之間都在淌滴着腥紅的血液，而影影綽綽的冤魂在這許多寒光閃閃的金屬之間往來地遲緩飄浮，作出無聲的呼喊。一時之間草木皆兵，廚房中所有的沙煲罌罉盡皆露出高舉的白手尖指和黑眼圓洞，飄飄搖搖地向上冒升。

正所謂魔由心生，一切的恐懼皆源於想像；只是這想像是怎樣起的端呢？像廚房裏的微波爐，若無其事地用了這許多年了，近來卻叫我提心吊膽。曾經在夢中把一隻手伸入正開的微波爐，立時像冰塊似地溶化掉了。但是這夢卻並非是引起我對微波爐恐懼的因由。最近我把一碗粥放入微波爐重溫，一聽得爐子嗚嗚作響，便提起腳走開，深恐那隻碗會突然爆炸。明知道這是非理性的反應，卻沒法抑制。記得有人恐懼雷電，特意叫人在雷電交加之夜把自己綁在一棵樹上。從此他那怕雷電的毛病便好了。我也曾有過依樣畫葫蘆地來自我克服恐懼，但是想到一種宿命論：你愈是害怕的事情愈是會發生；又想到一種心理分析：你最害怕的事情正是你最朝思暮想的。人生在世，左怕右怕，終歸所怕的不外一死，而這正是無人可免的大限。而我們的恐懼，和我們的喜樂憂愁一樣，都只不過是因為過份的自私和自愛而引致的幻覺。

我會繼續在廚房操作；我會繼續有下廚的恐懼和歡樂，但是我會學習放鬆自己的神經，因為人生在世，一切都只是過渡。

鱸魚變形記

這一向在很用心地吃魚。說是用心，是因為要把份量和配搭來個如意巧安排。那一大的湯是冬瓜煲水鴨，小菜便是檸檬陳皮蒸鯇魚腩；如果這一天的湯已經是蘿蔔絲鯽魚湯，小菜就不必犯重，改為韮黃炒蛋。超市的大鯇魚一買就是半邊，回家要平均斬開三份，用透明膠袋密封急凍，在一星期之內隔天將之分期吃畢，先後是清蒸、紅燒，和蔥爆，實行寓異於同，在重複之中經營變化。就像我這樣甘於往還於菜市場，操作在廚房，可以說是苟全性命於亂世，不求聞達於諸侯，然而竟也還自有其驚心動魄的時刻。不過是吃魚罷了。像兩星期之前的一個寒冷而有陽光的清晨，我往菜市買了鯽魚、鯇魚和鱸魚，一路拎着回家；那鯽魚和鱸魚皆是現場活殺，剖腹打鱗；眼見牠在砧板上拍拍打挺，又眼見牠冷血溢出，魂飛魄散；誰想半途手中的膠袋冷不提防地猛然抖動，還真的給嚇了一大跳。這到底是毫無意識的神經反應，還是心有不甘的最後掙扎？回家把魚兒翻倒落水盆之中，那剖開的鱸魚腹腔還逕自顫動不已，叫人不期然地想到莎老威在《量罪記》裏面寫下的警句：「死亡的強烈感受莫大於在預想之中；被我們踐踏的可憐甲蟲，肉體上所受的痛苦，和巨人死時的感受並無二致。」看來這區區魚兒所能承受的痛苦和恐懼，不下於神話中遭屠宰的巨龍。

話雖如此，魚既然已經買了回來，少不免要將之吃掉。如果要安撫自己不安的良心，大可以引用聖經。《宗徒大事錄》第十章裏頭，伯多祿在屋頂餓着肚子祈禱，竟神魂超拔地看見天開異象，但見繫着四角的一塊大布縋到地上，裏面有各種四足動物，地上的爬蟲和天空的飛鳥，並且有聲音對他說：「伯多祿，起來，宰了吃罷！」這可真是太方便了。身為基督徒的佐治麥當奴（George MacDonald）不可能不知道這一段聖經啟示；他的仙境童話《金鎖匙》

（*The Golden Key*）裏面有五彩閃耀的飛魚，會自動飛入鍋中，被人吃掉之後又會化成有白色翅膀的可愛小人自鍋中升起，圍繞屋頂飛翔。童話中的綠衣婦人還進一步解釋：「在仙境裏面，動物的野心就是給人吃掉；因為這是牠們的最高目標。」真是大話西遊得太可愛太理想了，幸虧說明是在仙境裏面而已：純屬理想，只供參考。

我這就把鱸魚按在砧板上，用剪刀把牠生前怒張，死後收縮的背鰭、尾鰭、胸鰭、腹鰭、臀鰭悉數剪掉。這許多的肢體原本是用來把這水中生物前後左右地支柱起來，如同京劇武生的靠旗，可以使牠岸然神氣，又可以叫牠在水中暢游覓食，藉以生存於天地之間；可是如今牠偃旗息鼓地躺着，這許多的華麗行頭盡皆成為累贅，有礙進食。如果從純粹吃魚的觀點出發，那魚兒生前的努力覓食，亦無非是為了使牠最終成為更為美味可口的海鮮而已。因此我毫不惋惜地把這通身漂亮的生物剪至一個光禿禿赤條條的境地；但見原屬於牠的鰭與鱗，早已零落同草莽，丟到垃圾桶。我再用藕粉、鹽花、胡椒、蔥段、薑片，把這鱸魚從頭到尾再次妝扮起來。魚若有知，當會覺得這身後的花團錦簇，其實是不懷好意的諷刺和揶揄。

待鱸魚蒸妥上桌之後，我和老伴齊心合力舉箸動口，把牠雕塑得一乾二淨地只剩下一把骨頭。這麼完整的有首有尾的魚骨頭，大可以用來去印成一幅版畫，就像《我城》裏面的阿傻在大苔島吃罷泥鯭粥之後所興起的念頭。我又無可避免地想到了西西的《魚之雕塑》：沙灘的一個軀體，如同氣球一般膨脹起來，而軀體的頭部，「經過魚的雕塑，被塑造得異乎尋常的潔淨：沒有一條頭髮，沒有任何眼睛、眉毛、耳殼、鼻孔和嘴唇，也沒有一絲一縷的血肉和肌膚。魚們把軀體的頭部雕鑿得如此完美，使我們震顫不已。」吃魚的驚心動魄在此。

◎現身說法半廚子

近日在看汪曾祺，那還是因為張愛玲。她在散文〈草爐餅〉中提到「前兩年看到一篇大陸小說〈八千歲〉，裏面寫一個節儉的富翁，老是吃一種無油燒餅，叫做草爐餅。」這就引起了我的興趣，把汪曾祺的短篇小說集《晚飯花集》找了出來，看得津津有味，興致盎然，而且欲罷不能，索性訂購《汪曾祺全集》八冊回來看個飽。汪曾祺的飲食散文另有一功，而他的小說中涉及飲食的亦基於生活，頗具見解。〈故鄉的食物〉一篇從炒米和焦屑談至端午的鴨蛋，娓娓道來，深現情感。文中提到的高郵鹹蛋我是早聞大名，最近在超市赫然看到包裝精美的高郵鹹蛋，不禁躍躍欲試，天真地買了一包八隻回家。把空頭敲破，筷子一挑，完全不是那一回事，既無紅油冒出，亦不見朱砂蛋黃。奸商的賣柑伎倆竟然再次得逞，只因為飲食界的浪漫傻子依然懷抱希望，以為真佛會穿過千山萬水現身顯聖。騙子之所以能夠生存，是因為願意受騙的人還是隨處可見，俯拾皆是。

汪曾祺在談家鄉的高郵鹹鴨蛋，因話提話，提及清朝的袁枚來了：「袁枚的《隨園食單．小菜單》有「醃蛋」一條。袁才子這人我不喜歡，他的《食單》好些菜的做法是聽來的，他自己並不會做菜。」不屑之情，溢於言表。我讀了這一段文字不禁暗自思量，好不驚心。「寫吃的人果真也會自己下廚弄三菜一湯招呼朋友嗎？你的理論有實踐的驗證嗎？寫愛情小說的人本身必需有豐富的愛情經驗嗎？論道德的人有德行嗎？」這是我自己說過的話。

可以告慰的是，這個鹹蛋我倒也會自己醃製。把一大個玻璃缸注滿了達飽和點的鹽溶液，一二三把蛋通通放入，放在陰涼處兩、三個月，便得紅油鹹蛋，可以佐粥，可以配菜。最初用雞蛋，後來改用鴨蛋。鴨蛋要往曼赫頓的美食店購買，每隻美金八角，堪稱精品價錢。後來華人超級市場也見鴨蛋，售價比較便宜。我每次醃製就是五打六十枚，足夠一兩個月的食用。有時也嘗試在鹽之外加一點酒，甚至茶葉。

汪曾祺自己的飲食文章自不是紙上談兵，空口講白話，或以目代口，以耳代舌的觀感錯替。他的一篇〈家常酒菜〉，其中有拌菠菜、扦瓜皮、松花蛋拌豆腐、芝麻醬拌腰片的做法，閒話家常地做法和作料混為一談，其實全是老經驗廚子的現身說法，並無戲言。全集中還有汪曾祺的照片，其中一幅是「做菜待客」，只見他花斑頭髮，穿着一條粉紅色有漫畫廚子的圍裙，手拿一白色黑邊搪瓷碟子，裏面盛着的莫非就是他筆下的塞餡回鍋油條？飯桌上堆着紅紅綠綠的菜餚，一派家居的豐足喜悅，然而非常質樸；素顏相見，觀之可親，因為是真的有這樣的一個人，真的會做那樣的一些菜。彷彿隨時電話響鈴，那邊有聲音說道：「你這就過來，我準備了幾隻小菜，其中有你家鄉的大煮乾絲。」

我自己是多時沒有款待親朋吃飯了。那本來就是難得的盛會，浩大的工程。對上的一次大請客是八年前的新年聚餐，一請就是二十多人。連採購預備，用了三天的工夫。我一個人獨力擔綱，雖然稱不上大展奇才，卻也算牛刀小試。治了一桌子菜式，其中有鹹肉鹹舌、鹹雞鹹鴨、海蜇皮蛋這三式冷盤，另外清炒豆苗、大煮乾絲、蔥爆對蝦、紅燒元蹄、清燉肉圓，湯是醃篤鮮。吃得人客一個個滿嘴肥油，讚不絕口。如今是不彈此調久矣。只是假日得空，在沖泡龍井普洱之餘，還會略做小點，自家招呼自家。

例如說，清淡一點的早餐可以是一道日本豆醬湯。這可得往樓下的廚房，只因為小兒嫌煮海帶的腥味繞室不散，於是乎帶備作料，悄然下樓。一調羹豆醬用水調開，入鍋煮滾，放入綜合蔬果海帶芽，只欠一點豆腐。打開冰箱一看，見有一碗椰菜豆腐。於是就地取材，從碗中撿出兩角油炸豆腐，切成細丁，加入湯中，再配少許蔥花，便成可以充饑的早點。

老伴出外打麻雀，晚飯徬徨無着落，那我何妨學那木偶畢拿巧在廚房角落尋覓，竟也翻出了紫皮洋山芋兩隻，幸好尚未發芽；靜坐冰箱的無鹽牛油半條，窈窕青蔥兩棵。當下大樂，於是興高采烈地把洋山芋來削皮，煮熟，把牛油隔水蒸至溶化，把青蔥冲洗；斬成蔥花。廚藝方面，我的材料配搭和調味都有頗佳的直覺，刀工是我最弱的一環。我不會得像甄文達那樣以快速的節拍切蔥切薑。把一條蔥調成細細的蔥花，只憑耐性，照我看了多年的電視廚藝節目，結論是一般的洋廚子刀工沒有中國廚子的靈巧，大手大腳地切菜削薯。這也是我的限制。但是我做成的洋山芋泥的確香滑，這也只有我自己才知道。

〔遇上散文〕

兩地相思

責任編輯　白靜薇
裝幀設計　陳佩珍
排　　版　楊舜君
印　　務　劉漢舉

作　　者　杜杜

出　　版　中華書局（香港）有限公司
　　　　　香港北角英皇道四九九號北角工業大廈一樓 B
電　　話　（852）2137 2338
傳　　真　（852）2713 8202
電子郵件　info@chunghwabook.com.hk
網　　址　http://www.chunghwabook.com.hk

發　　行　香港聯合書刊物流有限公司
　　　　　香港新界荃灣德士古道二二〇—二四八號荃灣工業中心十六樓
電　　話　（852）2150 2100
傳　　真　（852）2407 3062
電子郵件　info@suplogistics.com.hk

版　　次　二〇二五年七月初版

規　　格　三十二開（190 mm × 130 mm）
ISBN　978-988-8913-78-7